文芸社セレクション

揺れ動く天秤に身を任せれば

希与実

KIYOMI

JN126949

文芸社

目次

プロローグ

テレビ画面に『アップクローズプロジェクト』の番組タイトルが映しだされる。

次の瞬間、鋭く耳を突くような尖った音が奏でる短いテーマ曲が流れ、何か普通では無い出来事が起きていた事を予感させるような、そんな緊張感がテレビ画面を占領する。

ニュース番組を報じるスタジオセットなのだろうか、照明はやや明るめで派手な装飾は一切ない。

セット全体が白を主体とした色使いでテーブルを前にスーツ姿で座るオヤジ世代の男性二人には少々馴染まない雰囲気。

番組MCと完成間近のプロジェクトの核となる人物をゲストに迎え、対談形式と一部再現ドラマで構成される番組らしい。

「こんばんは、法道静香です。本日のゲストは日本一大きな仏像が見守る広大な土地に、これまた日本一の公園墓地を建設された大号建設株式会社社長、宗式影留さんをお迎えしました。どうぞよろしくお願いいたします」

「あ、よろしくお願いします」

番組MCの法道はスーツが似合う、一見ナイスミドルと呼ぶにふさわしい風貌だが残念な事に頭が少々薄くその重圧感が感じられない。

恐らくそのテッペンには〇〇隠しパウダーが施されているのであろう。

それに対照的な大号建設社長の宗式は、椅子を引いてテーブルに近づこうとするも自分の顔位はあるであろうお腹が邪魔をしてどうしても近づけない。いや到底無理。

また首が無い。顎と身体がくっついているか、もしかしたら元々無いのか。

そう、その風貌は宇宙戦争を題材にした映画に出てくるキャラクターに似ている。

そんな二人が対談をする番組をつくっている側はどんな意図で制作しているのか？

またこれである程度の数字がとれると思っているのだろうか？

『内容重視』

そしてそのターゲットも番組の出演者と同じオヤジ族。

それはそれで面白い！

のか？

「今回のプロジェクトはどのように始まったのですか？」

「元々あの土地は国が所有していました。国会議員の熊沢紘一氏が『日本一の仏像が見守る安住の地』と題して国と我々がタッグを組んで起こした一大プロジェクトです。従来の墓地の常識を根本から覆し、公園は元よりショッピングモール、遊園地、水族館、また宿泊施設やレストランも兼ね備えた娯楽性あふれる敷地で、お墓にくることが嫌なお子様や若者が率先して先祖に会える環境をつくりました。おかげ様で第一次募集は既に完売しこれから第二次募集に向けて整備を整え皆様のご期待を裏切らないように進めております」

「熊沢議員とはどのように？」

「奥園昭三氏よりご紹介いただき、今回の選定に参加させていただきましたところ、大層こちらの提案を気に入って頂きました」

「OZCビルオーナーの奥園さんですか」

「はい」

「御社はそのビルの中に本社を構えていらっしゃいますね」

「はい、その関係でご紹介いただきました」

「そうですか。建設にはいろいろとご苦労があったのではないでしょうか？」

「いや、全て順調に予定通り進みました」

「あれだけのプロジェクトを八年あまりで完成させた宗式社長の手腕は本当に素晴らしい指揮官のようですが、順調に進んだ要因というのは何かコツみたいなものがあるのでしょうか？」

「そうですね。部下やパートナー企業、そしてこのプロジェクトに関わる全ての人を信頼するという事でしょうか」

宗式は「俺良い事言ったな」と云うような不敵な笑みを浮かべた。

「素晴らしいご意見ですね。ところでその土地は全て国の所有地だったのですか？」

「はい、私はそう聞いております」

「番組の調べでは、巨大な仏像のすぐ近くに孤児院が存在していたとありますが、立ち退きとかでの問題は・・」

法道が正面やや下の方に目をやると質問する言葉が止んだ。カンぺか。

「ではココで再現ドラマをご覧ください。日本一の墓地は日本一の楽園に」

スタジオの照明が少し落ちてスタイリストが法道、宗式にそれぞれに付く。

その二人に近づく番組プロデューサー。

「宗式様、申し訳ありません。事前の段取りができていなくて」

「いやいや、気にせんでいいよ。うまく繋げてね」

「法道さん。土地の所有もそうですが一般的に紛争が関わる事態を予想されるような質問は無しでお願いします」

「でもオーディエンスはそうゆう所が知りたいんじゃ?」

「法道さんはまだこの番組が浅いから慣れていませんが、その内分かります。とりあえず今はそれでお願いします」

法道は宗式の方を見ると不敵な笑いと軽蔑しきった目でこちらを見ていた。

法道の内側にはまだまだ解決できていない何かが潜んでいる。


日本一巨大な仏像に降りかかる雨。

その雨脚は次第に量を増し、仏像の姿が降りしきる雨で見えなくなる程に。

その雨の中、仏像からそれ程離れていない場所で孤児院『天秤塾』の門に数名の男女が両腕を組みながら、その内側に入る事を阻止するように陣を構えていた。

『絶対反対！　帰れ！　帰れ！』

「この場所は既に国の所有地となった。執行猶予期間も過ぎ君たちにココの所有権はもう無い。直ちにココから退去せよ」

陣を構える男女と敵対するように向かい合って睨みを続けるグループの一人がハンディメガフォンを使って訴える。

そしてその陣を構える「天秤塾」塾生の中から、一人の男子が叫ぶ。

「ココは俺たちが住んで育った場所だ。誰にも邪魔はさせない」

『絶対反対！　帰れ！　帰れ！』

『絶対反対！　帰れ！　帰れ！』


留置場の中。

一人の男性がうずくまって座る。

彼は孤児院「天秤塾」の塾長、奥野秀雄通称「オヤジ」。

立ち退きを拒み、その交渉に訪れたところを逮捕された後、勾留させられ数日が経過していた。

この留置場にも激しい雨の音がする。

「もういい」

国のグループであろう一人の男性が群れの中から塾生の陣へ近づく。

国のグループ全員は丈夫な合羽を身に纏い激しい雨でも体への負担も軽く、防御性にも優れていて中は濡れない。

片や塾生の皆は合羽など無く、いつもの普段着であろう服装が激しい雨に打たれてビショビショになり体力、体温も低下していた。

国のグループから歩いてきた男性が近づくにつれ、一人、また一人とその男性に付いて行くように現れては、その男性を中心に空を飛ぶ渡り鳥のような編隊を組んで塾生の陣へ歩いて行く。

『絶対反対！　帰れ！　帰れ！』

「怖くなんかないぞ〜」

突然、先頭の男性が走りだすと他の編隊を組む者たちもそれについて行く。

そして塾生の陣へ襲い掛かった。

「ちくしょう〜！」

先頭の男性が陣を壊すと、その後ろから編隊を組む者たちが塾生を抑え込む。

中には力ずくで地べたに押さえつけられる塾生もいた。

「卑怯だぞ」

その塾生の中の一人、和泉大樹が先頭をきって陣を破壊した男性に叫ぶ。

合羽の隙間から「ニヤッ」と笑う顔が見えた。

「ゴミはゴミらしくヒッソリと生きてろ。邪魔をするな」

大樹は押さえ込まれながらも、それを振り払おうと必死に抵抗するが大粒の雨が相手の味方をする。

「俺たちはゴミか？　ヒッソリと生きなきゃならない生き物なのか？」

「うわ〜！」大樹は叫び身体が誇張する。

それに対応するかのように大樹を抑え込んでいた者は更に力を込める。

「はあ、はあ」

大樹の力が抜ける様を感じた敵は、自身の力を緩めその手を解放すると、大樹は目を閉じその場に成すがまま天を仰いだ。

ＯＺＣビルオーナー奥園昭三の二男、真申はその姿を気にする事なく「天秤塾」の建物の中へ姿を消していく。

敷地内への道が開けた後から黄色いシャベルカーが数台、悪魔の化身として乗り込んでくる。

その様子を日本一の仏像が雨の降る隙間から覗いていた。

それから何日、また何か月、いや何年の歳月が流れただろう。

今日は素晴らしく晴れた日。

日本一の仏像は変わらずその場所に居て一方を向き、その周囲を見守る。

あの場所には既に孤児院「天秤塾」の建物は存在せず、替わりにキレイに整備された花壇やそれに囲まれる墓石が順序良く並んでいた。

陽の光に輝く墓石。キレイな花束が飾られ、御線香の煙がなびきながらその一帯を心地よい匂いが包み込む。

大樹がその場所に成長した姿を現す。

周囲を見渡し、その顔を上に上げるとそれはそこに居た。

「居たね」

大樹はゆっくりと顔を下に向けると、あの名残が。

そこには孤児院「天秤塾」の門構えだけが残され、そこはその先一帯への登竜門となっていた。

そう登竜門。その例えは決して良くはないのかも知れない。

人はいくつもの門をくぐる事で成長していくのだろう。

しかし目の前のその先にはその昔、確かに「天秤塾」が存在した。

大樹は暫くその門を、その先を眺めていた。

第１章　受け入らざる現実と希望

ご無沙汰しました

この道を通るのはどの位ぶりだろう。
忙しい事を理由に随分と間を開けてしまった、ホント申し訳ない。
私ひとりでも来れたけど、でもね。
このタイミングだからお許しを。

あ～今日は比較的道が空いてて良かった。
いつもココの渋滞が、そこそこ時間を取られるから。
珈琲も冷めてすぐに無くなってしまうし。
まあこの道を通る理由はコレしか無いけど。

あれ、まだお寝んねだね。
昨日は疲れたね。慣れない衣装で歩き回って、大勢の人と再会して。

俺の時はどうだったかな？　もう覚えてないや。そりゃそうでしょ。

なんかね。あの頃は大学なんてね。でも娘が大学生だなんて。そして昨日。


おお、懐かしいねこの曲。結構昔の曲ラジオでかかる、うれしいな。

もう良い歳だねこのグループの皆。

最近聞かないし、どうしてるやら。まだ生きてるのかな。

ハハ・・・。

良く真似したよね、パクったね。このフレーズ、そうそうこのコード進行、このパターン。♪♩・行けるさどこまでもダイビング♪♩

当時としては異色だったけど。懐かし。


しかし、今日は少し寒いな。まあいつもはこの季節に来ないしね。少し暖房上げるか。

でもいい天気で良かった。

ああ、まだ起きないね。俺も少し眠いが「あ〜〜」。

おっと、いつもココはカーブが急だし、下り坂だからスピードも乗って危ない。

対向車がいたらヤバいよな。

あくびして涙流してる場合じゃない、ナイナイナイ、そこが危ナイ〜。

そろそろ見えてきますかね。
は～い、いつもありがとう。居てくれて。
これが見えてくると、ああまた来れたなって思う。
一七二キロ引く一二四。そうねいつもの通り。まあしょっちゅうは来れないこの距離。
これをまた帰るから。できれば高速で来たいけど、金かかるし無理。

あら、まだまだ枯葉ですね。桜はもう少し後ですか。またその頃には来たいな。

はい着きましたよ。
駐車場、意外と空いてるね。
今度から毎回平日にしようかな、来るの。

もう少しか？　曲がってる？
なんか最近左に曲がってる感じがする。
歳かな。感覚が少しズレてんのか？　んん、やっぱり少しズレてるか、残念、許す。
この車も随分頑張ってくれてる。もう十五年か。
俺と同じでそろそろ寿命だけど、いつまで頑張れるか競争。
「着いたよ。先トイレ行く？」

もう起きたんだから返事ぐらいしても良くない？　疲れているのは分かるけどさ。


今日は平和か？

えっ？　平日なのに法要はいってる。大丈夫なのか？　この時期。

本当はウチもやりたいけど嫌がるよね。

でも集まるかな？　考え中、考えチュウ。


さあ、去年の春以来。花は枯れているだろうな。ご無沙汰しました、申し訳ない。

あんまり来てないのかな、真新しい花はあまり飾られていない様子。

でも人の事は云えないよね。こっちも三シーズンスッポかしているから。


ええと、ここから後三ブロック先に、あっ発見。やっぱ枯れてるわ。

すいません、遅くなりました。

この一年、ああ約一年、いろんなことがありました。大変です、これから。

まあいつも側にいるから分かっていると思いますが。

さっ、まずは手を合わせて。

「手伝おっか」

「いいよ、今日はその服装だし」

「そ」

今日は無理だろう。無理云って今日まで借りているからその衣装。まあ少し待っててくれ。『ゴシゴシ』

ここの汚れ、もう取れないな。苔か？

もう十一年か、メンテするか？

文字も剝げてきたし、擦れてきたし。

幾らかかるのかな？

しかし悩みは尽きない。できる事、できない事。プライオリティー。

できない事が多すぎて、考えるのも辛い。


おお、重い。なんか年々重くなる感じがするこの石。これを後何年できる？

三シーズン分の汚れ。ゴメンね。

「花取ってくれる？」

はい、ありがと。もう直ぐですから。

はい、一先ずこれでどうでしょう？　水曜日でどうでしょう？　なんちゃって。

「じゃお祈りしよっか」

ママさん、見てください。

昨日、貴女の娘は成人式でした。その衣装で今日は来てくれましたよ。

見せたくて、俺が。

まあいつもいるから、見ているとは思うけど、改めてココで見て。

貴女の娘は成長しました。

いつもありがとう。これからも側で、娘を守ってやってください。

「先が汚れた」

「ええっ？　そうなの？」

もう少し気を使おうね。

「腹減った」

「はいはい、何食べるの？」

「はい、は一回じゃないの？」

「はいはい、いや、はい」

貴方も云うでしょう、そうやって。

なんで今？　なんで俺だけ？

「じゃシャブシャブ」

「はいはい」

だから、そう不貞腐れるなって。

「もう一回手を合わせたら行きますか」

いつからこんなだったかね。

毎日に追われてそんなの忘れちゃった。

毎日をこなすだけで精一杯だったし、時間も金も余裕がない。不安しかない。

でもあの子に残さないと、少しでも。

俺にできる事は限られてるし、時間もそれほどない。

あと少し、あともう少しだけ。

でも最近思う。もういいか、って。


あれ〜なんだよあいつ。さっきからずっとこっちを眺めて。まあ服装が珍しいのはわかるけど、ちょっと見すぎじゃね？

ちょっと探り入れるか。

「どうしたの？」

「いや」

えっ？　一礼？

「知り会い？」

「いや〜わからん」

ああ、行っちゃった。

気のせい？　ですか。

「ああ、もう足痛い。帯キツイ。苦しい！　もう脱いで良い？」

「えっ？　ココで？」

「車の中なら大丈夫でしょ」

「えっ？」

「開けないでよ」

さすが俺の娘。

ママさん？　俺、もう少し逝くのは遅れそうです。

あと少し、あともう少しだけ。

良いですか？

還暦の訪れ

この時が来るなんて。俄に信じがたい。

あの時、まだまだ何も怖くなかった時、親父の姿を見て思ったっけ。頭の中心は禿げて蛍光灯でも何でも反射してテカってた。

でもイヤーウォーマーのようにそこだけは毛が残っていて不思議に思っていたあの頃。

どこかで馬鹿にしてた。その歳になった。

あの時はもう既に生きた化石に近いと思っていたが、この時代、まだまだ働けと年金受給額も受給年齢も遠くなる。

これが時代の流れ、現実ってやつか。

いや、しかし今日は寒い。まあ今日は特別か。フトコロと頭と心が寒いってことかな。サム・スギールガメッシュナイトってか。

ちょっと飲んじゃうか、ビール。いやいや第三のビールだから。でもまた酒税上がったら。ああ、困るな〜。

「お支払いは？」

「ああ、菜々緒で・・・」

「・・・」

「ありがとうございました」

そりゃ外したかも知れないけど、あの冷たい顔と哀れみの顔は何なの。どうせ昭和の親父ですよ。ったく。もっと勉強しよ。

この通勤道路、随分通った。何年？　随分変わったな。しかし何回変わる？　この看板。この間まであったものが今は無い。いつの間にかその存在さえも忘れられる。これも時の流れで片付けられるのか。

そしてその内俺も片づけられる。確実に。

その前にとは思うが。

まあ普通なら赤いチャンチャンコを着て、赤い帽子を被り、一族で還暦の当事者を祝うのかな。想像もしてなかったあの頃。

しかしそんな一族が祝う還暦なんて、それはそれで普通の事ではない、と思った。

それは理想の形。恵まれた人、選ばれた人にしか訪れない姿。そして私は違った。

あの時。現実を突き付けられたあの時。

選択肢などない。なぜ君だったんだろ。

ああ、なんで先に逝くかな〜。

ゴメンね、俺なんかと一緒にならなかったら、今頃ママさんは大勢の人に囲まれて還暦を祝っていたんじゃないかな。

俺なんかと出会わなければ。

俺のプロポーズなんて受けなければさ。

なんでかな〜。

♬きっとオレは禿げる〜♬一人きりの還暦タイムおお、サイレント・ヘアー、おおお、オンリーワン〜、ああそんなの関係ねえ、ああそんなの関係ナイト〜♬

「すいません、この先工事中で迂回お願いします」

こっちだと客引き多いから嫌なんだよね。

ほら来たよ。だから良いって。行かない。

行かないよ。でも逝きたい。もう少し。

ママさん。この先財力とは別にひとつ心配な事がある。

年々ママさんの顔や、姿や、いろんな仕草や、一緒にいた日々の記憶が薄れていく。

君と居た年月が人生で大部分を占めるけど今はそれが無いでしょ？

積み重ねられる日常は繰り返されるから忘れない。でも継続されない日常は記憶となり思い出となる。

現実では会える事が叶わないから決まった写真やビデオ見てるだけじゃさ。

なぜ？　どうしてこうなった？　誰にもわからないし理解できる事でもない。

ただただ現実を受け入れるだけ。

ただそうなっただけ。ただそれだけ。

あの日から神を信じないし願ったりも祈ったりもしない。無駄だから。

これって無理なお願いだったんですか？

普通に暮らしたい、子供の成長を一緒に、泣いたり笑ったり、怒ったり慰めたり。

これってそんなに難しいお願いだったんですか？

君のこの世の最後の言葉は「いろいろあって楽しかった」だった。

君はどんな気持ちでその言葉を俺に云ったのか。

「そうか」としか云えなかった。

その時、覚悟をしたの？　もうその時だって気づいたの？

自分の寿命は自分で決めたいけど、その時が来たら笑顔で君にまた会いたい。

もし君がそう思わなくても。

はあ～。もう一缶飲んじゃうか？

日常

しかし、今何時だと思ってんだ。もう明日になったぞ。終電間に合うのか？　ラインしても既読無視だし。

今どこにいるのか。

ああ来たよ。

「ラインは？」

返事ぐらいしても良くね？

「何か食べる？　お腹減ってない？」

「こんな時間に食べるわけないじゃん」

「一応軽くあるけど」

「何？　当てつけ？　いらないから」

「そう」

そんな食べないダイエットしなくても。

お年頃なのはわかるけど、体に、将来に影響するし、ちゃんと食べないと。

「これ欲しいんだけど」

「なにが？」

「大学に持っていくの」

「いつ」

「明日」

「明日って、今日？　何時に行くの」

「んん、九時かな」

「なんで今？　帰り掛けにでも買っておけば良かったのに。それにそんなの何日も前から
わかっていた事だと思うけど」

「だから何」

「そんなことじゃ何も・・」

「はいはい、でた～説教ですか」

いつからだっけ、この感じ。

行けば、買ってくればいいんでしょ。

で、買ってくれば、これ違うとか云うでしょ。同じのは無いよ。コンビニだし。

同じような物があるかも解らない。
あ～寒いよね～、この時間だし、この時期だしさ。パシリ。良いのかなこれで。
でも、もう怒らないって決めたし。
先週はキツかった。
何があったかは知らないが、泣くは喚くはでこっちが辛かった。
周りに響いたなあれ。
こう、あるのかな、女性って。
バイオリズム的な何かが。
情緒不安定になるような、男には分からないような何かが。
最近多いし、少し心配。

ああ、これこれ。同じのが有ったよ。
ついでに珈琲でも飲んじゃおっかな。

はあ、ママさんだったら分かるんだろうなあの状況が。
理解しようと思うがなかなか出来ない。
人間は全て違う。理解なんて出来るわけがない。
それでも我々の子供。受け入れよう。

ああ、そうじゃないね。
そもそも子供を望んだ親としての責任があるし、子供も一人の人間。
意見が違ってて当然。
まあジェネレーションギャップもあるし。
親の言いなりにしようとするのがそもそも間違っている。
そう無理やり自分を納得させるしか。
ああ、ママさんだったら分かるかな。
ほんと、逆だったら良かったんじゃ。
我々が望んだから今ここにいるし、娘ももっと良い所に生まれていれば。
そうだよな、ゴメンね、こんな親で。
でも、これって甘やかすってことか？
いや、それはそれで良い。
他の人に云わせれば、厳しく育てないと将来苦労するのは子供の方だって。
親が先に死んで、何もできない人間だったら、人様に迷惑をかける。
なんて云うじゃない？
残念！　その時になればやれますから！
なんちゃって。
俺もそうだったし、何も出来なかったけど今はそれなりか、足りないけど、全然。

確かに娘の期待には応えられていない。

でも最低限、最低限の生活は維持できていると思う。思うだけだけど。

毎日、口開けて大の字で寝ている姿を見ると、『ああ、安心して寝てくれてるんだな』って思う。それが嬉しい。

もう少し、やらせてよ。

やりたいんだ、俺が。

あまり怒らないでね。


あれ？　また、泣いてる？

外まで聞こえてますよ、こんな夜中に。


ああ眠い。五時前。これが今の日常。

何するか？

昨日はオムレツだったから、今日朝は焼き魚にして、昼は野菜炒めで、トマトと漬け玉子に胡瓜和えを添えて、ですかね。

明日は納豆と海苔をメインでいきますか。


泣き疲れたかな昨日は。

まだイビキかいて寝てます、大の字で。

幸せ。でもちょっと心配だから。

云える時が来たら話して欲しいな。


やべ、ご飯炊いてない。また早炊きモードだ。

やっちまったか、な〜に？

なんちゃって。


「あの服どこやった？」

「あの服って、どの服？」

「昨日ここにあったやつ」

「床いっぱいに脱ぎ捨てて、何がどれなのか分かりませんが」

「白のシャツ」

「昨日の内に洗濯して、入れてあるけど」

「どこに」

「だから、そこ」

「なんでいつも違うところに入れるの？　ちゃんと戻しておいてよ」

またこれかよ。

「テーブルの上のやつは？」

「そこと、そっちに整理した」

「あの配置は完璧なんだから動かさないで」

あれで完璧なの？　泥棒が入って散らかしたとしか思えないけど。

「もう、勝手にしないでよ」

またこれかよ。

「これ、とってよ」

は？　ネックレス、こんながらがって。こんなの直ぐとれるかよ。

「あと五分で出るから」

「もっと早く云ってよ」

「早く」

これが日常か。


ポテト、サンドウィッチ、後は冷凍食品でも持っていくか。ああ、味噌汁も。

「ちょっとおばあちゃん所行ってくるね」

返事ぐらいしようね。


今日も良い天気。大丈夫かな。

雨戸は開いてる、大丈夫か。

「おばあちゃん」

そう、お袋はいつからおばあちゃんになったのかな。お母さんなのに。

娘が生まれてからだね。そう、あれから全てが娘目線。

俺もパパさん。妻もママさん。娘が居ない時でもお互いそう云い合う。不思議。

日常はそうやって変わって行く。

「大丈夫？　元気でいたかな？」

「ええ？」

大分耳が遠くなった。まあもう九十歳か。

補聴器買ったけど着けてくれないし。

結構高かったんだよあれ。

大体が何処に行ったの？

「補聴器どこやった？」

「ええ？」

「ほちょうき（大声で）ほちょうき！」

「ああ、包丁あるよ。なに使うの？」

何も使わない。何も切らない。

あ～見当たらないけど。まあ仕方ないか。

「どっか具合悪いところあるかい？」

「ええ？」

「だから（耳元に大声で）身体は大丈夫か。

どこか調子悪い？」

「大丈夫だ。いっぱい貰って毎日食べてるから。ありがとう。今日は？」

ああ、忘れちゃったか。

「これから病院だよ。血圧高いから」

「ええ？　今日？」

「仕度できる？」

「急いでしなきゃ」

しかし上が一九〇ってすごいよね。よく分からないけど、辛くないのかな。

じゃ持ってきたもの、冷蔵庫に入れておきますよ。

それなりに減ってるね。まあ食べられるのは元気な証拠か。

高齢だから何時その時がくるか。

こんなになっちゃった。

あの時以来、切ったところを手で押さえるように歩くし、遅くなった。

一緒に居た時はほんと、苦労をかけた。ほんと世話になった。

いっぱい助けてもらった。ありがとう。

親父の分も長生きしてくれよ、おばあちゃん。今は俺がいるから。

「急がなくてもいいよ。まだ時間あるから」

って聞こえてないか。

入　院

「すいません、今日入院する者です」

「確認いたしますのであちらで少しお待ちください」

二時間後に直ぐ手術して、今日はお泊まり。

今まで入院する程の怪我も病気もなかっただけに、少しショックだったし、なによりこの雰囲気は馴染めない。

いつもは見舞う側、世話する側だったのにそれが当事者。まあ明日は退院だが。

か〜、病室。六人部屋。

皆カーテン閉まってる。不気味。

今日は早めに寝ましょう。

特に何もする事無いし、本を読む気分でもない。スマホで音楽でも聴くか。

ブルーツース、持ってきて無いや。

ここにイヤフォンあったかな。

「うう、ううう」

なんか隣の人、苦しんでますけど。

ナースコールしないのか。辛そうだな。

ちょっと呼んでくるか。

「あの、すいません」

「ああ、これから看護師が説明に向かいますので戻っててください」

「えっ？　はい、すいません。ああ」

そうか、入院の説明だけで手術の事はまだだった。まあ来るんだったらその時に。


「今回の大腸ポリープ切除手術は、内視鏡にて行います。術前に炭酸ガスをお尻から注入してお腹を膨らませます。安全に手術を行う為に必要な処置ですのでご了承ください。術後の経過が良ければ、明日予定通り退院できます。良いですか？」

「はい・・」

良いですかと云われても、何も知識がないので、良いも悪いも判断できないですよ。

こちらとしてはより良い方法で治ればいいし、早くここから出たい。

「それが最善ならそれでお願いします」

「ではここに署名をお願いします。控えをお渡しするので良くお読みになってください」

まあ結局は自己責任ってことですか。

おじいちゃん、おばあちゃんの時も、ママさんの時も、こればっかしだった。

「準備が出来次第迎えに参ります。それから直ぐに行います。少し待っててください」

待ちますよ。直ぐ終わろうね。

「うう、ううう」

「あの、隣の方苦しいみたいですけど」

「大丈夫です。いつもの事ですので、気にせず。定期健診の時間にまた来ますので」

それって普通なの？　気にするでしょ、苦しんでるんだし。

ここで良かったのかな？　もう遅いか。


「うう、ううう」

「はい、ここにポリープがありますね。とっていきます。その先にもうひとつ」

「あの、意識があるんですけど」

「患者さんによって違いますね。意識を失う方もいれば、ある人もいます」

そうなの？　でも治れば良いけどこれって何か変な感じ。ラヴ注入・・なんちゃって。

「うう、ううう」

キツイ！　そんなグイグイと。

あ〜、やさしくしてね。

「はい、終わりますよ。三箇所ありました。

綺麗に切除できました、お疲れ様です」

終わった・・・。

「ありがとうございました」

「お大事に」

「少しそのままでいてください」

「はい」

部分麻酔ってことですか。

なんか押し込まれるのが痛かったけど、まあ終わったから良しとしましょう。

しかし執刀医はさっさといなくなる。

前後は看護師の仕事か。これも役割分担なんでしょうが、何かそっけないよね。

「はい、どうぞ車椅子に移動してください」

車椅子。俺が座る。

「移動しますね」

「こうゆう風景なんですね車椅子に座るってことは。私は重病人なんですか」

「今は術後なので重病人扱いです」

「そうですか」

「ではこちらで少しお待ちください」

手術しちゃったよ、人生初。

まあ今まで大きな事故も病気もなかったのが幸運だったけど、この歳になると何かしらあるのか。

健康って財産だな。


「今日の処置は問題なく終了しました。これから特に問題なければ、明日午後には退院できます。ただ大腸のポリープは切除しても、一度発生するとその後も出来る可能性が高いので、一年周期で検査をした方が良いと思います」

「そうですか。ポリープは腫瘍ですか？」

「はい、ポリープは癌のタマゴです。悪性の場合、そのまま癌の腫瘍になります。その時には今日のような軽い手術では切除できません。そうならない為にも定期的な経過観察が必要になります」

「はい」

まあしないけどね。

「では看護師の指示に従ってください」

はいはい、これで先生はお役御免ね。

看護師さんは大変だよね。

「お疲れ様でした。病室へ移動します」

「はい、お世話かけます」


シーツって冷たい。

もしかしてこのベッドで冷たくなった人っているのかな？

その人もこうやって外を眺めていたのか。

ママさんもそうだったのか。

良かったのかな？　最後は家で。無理やり、でも無かったけど連れ帰って。何も云わなかったけど良かったのかな？

何を云っても後悔ばかり。

そう、背負っていくんだな全部。

しょうがないよね、全部俺がやった事だから。だから良いかな？　もうそろそろ。

「うう、ううう」

あれ？　まだ定期健診終わってないの？

苦しんでますけど隣の方。

『現金、またはクレジットカードでお支払いください』

もう最近はどこも自動精算機。

人に現金を触らせないことで不正防止にも計算ミスも、また感染症防止にもなる。

これはこれで良しとして、その内スマホ決済で、何でもやり取りしてしまうのだろう。

そろそろスマホに、アプリや機械に人間が操られる時代が来るのかもしれない。

人間にアプリ自体が埋め込まれたり、頭脳でコントロールできたり。

いや頭脳がコントロールされたりするのかもしれんな。まあその時にはいないか。

この三十年足らずで、世の中は劇的に変化した。会社に入ってから数年はコンピューターなんか無かったし。

ましてや携帯電話なんて。

それも今はコンピューター自体を携帯できる時代。

早すぎて恐ろしい。

なんか人類は破滅へと加速している気もする。人間らしい生き方、楽しみ方ってなんなんだろう。

まあまたそれを云うと、古いって、そんな昔の考え方は令和には通用しない、なんて娘に云われるな。昭和はもう化石ですか。

もしかしたら、ママさんは治ったかもしれない。

時代だな。もう少しズレていたら、癌なんて今の風邪ぐらいになるのかな。

さあ、とっとと帰りますか。

お腹減ったからなんか食べちゃうか。娘に内緒で。回転寿司？　とんかつ？　ラーメン？　そういえばすぐそこにカレー屋あったな。食べちゃおうかな、悩む。

でもこれで今月はまた赤字かも。

入院費や薬代、もろもろで。

もったいない、帰りますか。

そんな身分でもないし。

身分相応にしなければ、娘にもママさんにも申し訳ない。ほんとにごめんさない。また考えてみるよ。

通達

「今日ココに集まっていただいたのは、この会社の今を、またこの先を理解していただく為です。既にご存知のとおり、この業界、またこの会社を取り巻く環境はそれほど良くありません。当社はここ数か月赤字が続き、この先の見通しも、早期に回復できる要素は見当たりません」

重い。

「とは言え、この会社を存続する為、我々はそれに対応しなければなりません。そこでオーナー会社はある決断をしました。会社組織の改革です。スリム化を実現し現在の正社員数を三分の一に減らします」

　キタ～、これか集められたのは。

「これからお配りする資料は既に決定事項です。スクリーンにも同じ資料が映しだされますのでどちらを見ても構いません」

　新組織図と新就業規定。それと、希望退職要請。

　まあお決まりのパターンだな。

　で、組織、組織図には？

　なるほど、俺の名前は無い。

　そう云う事か。

　ああ、あと半年だった。普通に定年退職を迎えられるはずがこれか。

　定年前に、そうか、これが現実なのか。

「社員の公平性を保つため、整理される組織の社員は全員対象になります。その対象者には、後日個別で面談をさせていただき、この先のお話をさせていただきます」

　要は辞めろって話だよね。必要無いって。

　確かに将来性の無い人間だが、これはこれでかなりキツイ。

　娘の学校資金や現在の生活を考えると最低限の収入は必要だが、どんな話が出るのか。

　やっぱり辞めろってことか。

　別な仕事を探すにもこの歳で、この今の社会情勢で見つかるのか？

転職はパワーがいるし、ひとつの賭けでもある。でもそんな事は言ってられない。♪辞めろと言われても♩なんちゃって。

いや今はダメでしょ。


「今回の組織改革に際し、誠に申し訳なく思います。しかしオーナーサイドからの指示もあり、今回の案件は避けられません。長年に亘り貢献して頂いたのは重々承知しておりますが、組織ごとその対象となりましたので致し方なくお願いいたします」

「はい、先日のお話で存じております。残念ではありますが」

って答えるしかないでしょ。

「但し臨時雇用契約にて残っていただきたく思います。半年毎の契約で、収入面ではかなりの減額となりますが、こちらとして出来る事はこれが限度です。いかがでしょうか」

って承知するしかないでしょ。

「承知いたしました。残念ながら定年退職まで持ちませんでしたが、最低限の雇用を保障していただけるならお願いいたします」

「ありがとうございます」

「その立場になれば、その役目、与えられる職務を全うするのみです」

って云うしかないでしょ。

「後日、条件面と併せて、雇用契約書の提示をさせていただきます」

「承知いたしました。あの〜、部下たちはどうなりますか？」

「最初にお伝えしたとおり、組織ごとその対象になっていますので退職になります。その組織で残るのは臨時雇用でも貴方だけです」

「そうですか」

　哀れみってことですか？

「しかし、彼ら、彼女らはまだ若い。この先他の職も見つかると思います。でも貴方の場合は・・」

「はい、承知しております。すいません」

　そうだよね。将来性・・そうです。

　やはり、哀れみってことか。

　数年前から定年後の事は考えていたが、思わぬ状況で社会が動いた。こんな事ってあるのかと。

　でも何年ぶりでしょうか、パート。

　学校を出て暫くは就職もせず、アルバイトで職を転々としていたあの頃。

　あの時は怖い物知らずで、仕事がどうかとか、人間関係がどうかとか、何も考えて無かった。

　どうにかなるだろう、なんて。

　その時は六十歳なんて想像も出来なかったしまだまだ先の話、関係ないじゃん、って。

そう、そのあまい考えが、今でしょ。

後悔しかありません。

昔バイト先の先輩に云われた事があった。

「後悔する事だけはするなよ」って。

あの時はその意味が分からなくて、なんでそんな事云うのかなって、不思議で。

だって後悔って、後になって思う事で、先の事なんて分からないから。

でも今は理解できる。

定年退職後はどうするかと考えていた矢先にこの宣告。

定年退職であれ六十五歳迄、希望で就業継続出来たが、今このタイミングであればそれも無いに等しい。

記録上、希望退職者扱いだから。

アルバイト契約の場合はいつ切られてもおかしくない。

はあ~、娘に合わす顔がない。云えるか？


「これが諸条件となります」

「はい、頂戴いたします」

「こちらとしては精一杯の提示です」

「はい、ご配慮いただきありがとうございます。拝見させていただき、署名は後日でもよろしいでしょうか？」
「はい、出来れば今週中にお願いします」
「承知いたしました」
ボーナス無。退職金無。交通費日割計算。
時間外手当は割増だが要承認。時給か。
これで納得するしか、選択枠がない。
そう、これが今の実力。
ざっと半分だな。
半分の収入で今の生活をどう維持できるのか。できない。
じゃどうする？　何を止める？　何をけずる？
保険どうだったっけ。月いくら？
ああ、でもそうしたら、ばれたら保険金でないか。だめか。どうする俺。

帰宅することが、これほど重く憂鬱な気分になったのはここ最近なかった。
この帰宅途中の道も、何も変わらないのに俺の気分だけが変わった。
『やった〜、終わった、帰るぞ』今までの日常はもう日常ではない。
人はその非日常を、どのように日常に変えていくのか。
自身で変えるのか？　日常になってしまったから、ただただそれを受け入れるのか。

どっちにしろ自分自身が情けない。
こう整理対象になってしまった事。
自分が信じた道が今は無になってしまった事。ごめんなさい。これが後悔か。
数年、数年だった、その組織の責任者だった事。なんとなくアルバイトで働いた会社で
そのまま就職した業種から、そのレール上の先にあった管理監督職。
そこまでは行ったが思えば一瞬だった。そこまで行くには何年も、何十年もかかって、
ママさんにもいっぱい苦労かけて。
もっと上司に媚売っておけば、もしかしたら変わっていたか？
でも俺にはその才能がない。わかってる。
自分の力が及ばなかった事、この情けない人生に巻き込んでしまった事、不安を抱かせ
た事。もっと楽しめたはずだった。
もし私と一緒にならなかったら、もっともっと素晴らしい人生だったはず。
ほんと情けない。申し訳ない。私が替われれば良かった。ごめん。
今更だよな、今更。
あの時にとか考えても過去の事。何をどうしても過去が変わるわけでもない。
今をどうにかしなきゃ。今をどうするか考えなきゃ。

節目の時に

「ご無沙汰しております」

「ああ、パパさん、今日は来たんですね。よかった」

「はい、高校最後の体育祭ですし」

先生には小学校からお世話になった。

全部ママさん繋がり。やっぱり偉大だ。

「先生の娘さんは隣ですよね。今日は？」

「見に来ました。どうかなって」

「娘にですか？　わざわざ？」

ええ？　申し訳ありません。

「お忙しいのにありがとうございます」

「あれから三年ですか」

「はい」

「よく頑張りましたね」

「いえいえ、私でなく娘の方です。よく我慢して一緒に居てくれてます。でもいっぱい喧嘩しましたよ」

「私もしょっちゅうです」

「先生も？」

「教師も人間です。喧嘩もすれば間違いもあります。結局、子供に教わることが多いような気がします。あっちも初心者ですが、こっちも親の初心者ですから、お互いがお互いです。同じですよ」

「そうですか」

「あれ、ご主人、眼鏡してましたか？」

「これ、妻のなんです。今日は一緒に娘の姿を見ようと思って。私には度が合わないですが」

「そうでしたか。きっと喜んでますよ」

「はい、そうだと嬉しいですが」

「あ、来ましたよ、がんばれ～」

一生懸命走っていますね。

ママさん、見れてますか？

あの時から、少しスリムになって、また少し足が速くなって、リレー選抜。

思い出す、小学校。

いつもアンカーで早かったのに、四年生だったかな。

急に太りだして、見るからに足が遅くて抜かれそうになったけど、ギリギリで入って。

組み体操、全身砂まみれで。

幼稚園ではママさんが走って、ゴール直前でママ友と二人で後ろ向きになって。

笑ってたよ、あの子。

ママさんもあの子も、可愛かったよ。

中学時代。

俺もあの子も必死だったな。

初めての事が多すぎて。

あの子も辛かったと思う。ほんとに。

「先生、あの件はいかがですか？」

「ああ、すいません。別で用事があります」

「そうですか、残念です。またやりますので
次回はお願いします」

「はい」


「本日はご多忙の中、お越しいただき誠にありがとうございました。早いもので妻が旅立って三年になります。通常でしたら三回忌の法要になりますが、おそらく、妻はそうゆうのを望まないと思います。誠に勝手ながら、彼女の誕生日、生誕祭として本日、また今後も節目節目で皆様とお会いできればと思います。今日は彼女の誕生を祝ってあげてください。よろしくお願いいたします」

いや～上がっちゃったよ。

スピーチが苦手でプレゼンもダメだから出世できないんだよな、まったく。

「今日の為に特別料理を組んでいただきました。限られた時間ですが、お楽しみください」

そこそこかな。

「今日はお招きいただきありがとうございました。素敵なレストランで眺めも良いし」

「ありがとうございます。久しぶりに皆様とこうして妻を囲む事が出来て有難いです」

「今でも信じられません、いないなんて」

「そうですね」

「娘さんは大丈夫？」

「自分なりに日々、現実を受け入れてます」

「大した事はできないけど、何かあったら声かけてね」

「はい、ありがとうございます」

社交辞令、わかっている。

ママさん繋がりでここにいる方々。

もうママさんはいない。

俺と娘に何かをするなんて無い。

あの時、云ったよ。お願いしたよ。

でもやっぱり自分が、自分の家族の方が大事。それはそう。

ましてお金が絡むと、親戚でも他人といっしょ。

自分らでどうにかするしかない。

今、娘を守れるのは俺しかいない。

守ってください、ママさん。

今日だって、それなりに有名な場所じゃなかったらこれだけ集まったのか。

主旨はどうあれ、普段ならこれない場所にしたからこそ、これだけ集まったと思う。

でもやって良かったのか？　意味は？

「大きくなったわね。もうお嬢様ね。お母さんに似てキレイになって。今度息子と会ってくれる？」

社交辞令、ごめんね。


「お休みを頂き申し訳ありませんでした」

「もう落ち着きましたか？」

「そう云われれば、まだ、としか答えられませんが、生活しなければなりませんので」

「そうですか、大変でしたね」

「はい。これ死亡診断書です」

「すいません。お辛いでしょうが一応規則として」

「存じております」

そりゃ俺だって出したくない。この診断書だってもう見たくもない。

なんだよ続柄『妻』ってさ。


「お疲れ様です。大丈夫ですか？」

「ああ、すいませんでした」

大丈夫な訳ないでしょ。

「お子さん、大丈夫ですか？」

「ああ、まあ仕方ないし・・」

大丈夫な訳ないだろ。

「何かお手伝いできる事があれば云ってください」

「ああ、ありがとう」

「失礼します」

社交辞令。判ってるよ。


『ピンポーン』

「あっ、この度はご愁傷様でした」

「すいません突然。この花、葬儀の際に妻の祭壇に飾ってあったものです。もし宜しければ貰っていただけませんか？　妻も喜ぶと思うんです。お願いします」

「わざわざすいませんでした。では遠慮なく頂戴いたします。何かありましたらお声をかけてくださいね」

「はい、ありがとうございます」

社交辞令、わかってる。

『ピンポーン』

「すいません突然。この花、妻の祭壇に飾ってあったものです。お受けいただけると妻も喜ぶと思うんです。宜しければ」

「ありがとうございます。お受けさせていただきます。娘様とお二人で大変だと思いますが気を落とさずに頑張ってください。何か不自由ありましたらご連絡ください」

「ありがとうございます、よろしくお願いいたします」

やばい、手の震えが止まらない。まだまだ届けなくちゃ。

『ピンポーン』『ブーッ』『ピンポーン』

「先日はご多忙中の中、亡き妻の為にお時間を賜り、誠にありがとうございました。これはその際祭壇に飾られた花でございます。宜しければ受け取っていただけると妻も喜ぶかと存じます」

「ありがとうございます、どうか・・」

「あ、あっ、すいません。ありがとうございます。またよろしくお願いします」

もういいよ、もういいから。そんな心にもない事、もう聞きたくない。わかってるよ、わかってるから。

はぁ～、あと一軒。


『プシュー』

「何、それノンアル？」

「いや」

「いや、って朝からビール？」

「まあ」

「へえ、ママさんいなくなったら自由だね」

「・・・・」

何も云えない。

「良いよね、パパさんはお酒で逃げれば良いから。私もなんか欲しいな」

「・・・・」

何も云えません。

「今日は何時に出掛けるの？」

「私が出掛けたら酔い潰れられるから好都合だね」

「・・ゴメン」

「ほどほどにね」

「・・・・」
『バターン』（玄関ドアの閉まる音）
済まない。そうだよな。ゴメンね。
気をつけていってらっしゃい。
ママさん、俺はダメな父親です。貴女の代わりなど到底務まる訳がありません。
どうしたら良いのか、わかりません。
介護休暇とって貯金も減って。
現実的にも、収入的にも、精神的にも、何も余裕がありません。
わかってます、わかってます。戦争してる国も、毎日餓死している国もあります。
生きる事が精一杯の人たちもいます。
それに比べたら？
「比べられるかよ！」
『ガン！　カッコーン、シュー』
あ〜あ、やっちゃった。勿体無い。
こりゃ少し床がビール臭いな。
カーペットと畳みと、あっ洋服にも。
はい、これ洗濯。とっ、掃除掃除。

別れの時

「五時五十五分、死亡を確認いたしました」

なんで、なんでこうなった。

「誠に残念です。当院に出来る事はこれが最後となります。誠に失礼ですが、今までの請求について、後日落ち着いた頃にご連絡をさせていただきます。本日は誠にご愁傷様でした」

なんで、なんでこうなった。

云われてたよ。でも信じるかよそんな事。

「ごめんね、何も出来なかったよ」

これで娘は片親。申し訳ない。

「疲れたでしょ。別の部屋で休んできて」

これからいっぱい親子で、ショッピングとかカフェとか女同士で行けたのに。

いっぱい、いっぱい相談とかもあっただろうに。いっぱい、いっぱい、いっぱい女同士だけの話もあったろうに。

ママさんは貴女が小さい時から、すごく楽しみにしていたよ。自分の小さい頃とオーバーラップさせてさ。

あの頃本当に楽しそうに話してた。

そんな話を聞くのが楽しかったよ。

ごめん、俺じゃできない。

十二歳で母無子なんて、残酷すぎるよね、ねえ神様。なんで？

俺はもう、貴方を信じない。

あんだけ、あんなに祈ったり、お願いしたり、信じたり。全て無駄だったたって事か。

何がしたいの。なんでこうなるの。

ママさんが何をした？

「お義兄さん。今、息をひきとりました。はい、そうです。葬儀の日程と場所については追ってご連絡いたします。お義兄さん、誠に申し訳ありませんでした。失礼します」

「はい、ご無沙汰しております。はい、父親の時は大変お世話になりました。またお願いできますか？　今度は私の妻です。はい、つい先程です。はい、そうして頂けると助かります。はい、はい、お待ちしております。ありがとうございます。お願いいたします」

まさか自分とは。まさか娘の母親とは。

「あの、花がいっぱいの葬儀ってどのくらいしますか？　祭壇に」


これからが大変。どこまで連絡を取ればいいのか。

まずは親戚、会社関係、友人知人。

俺が知らない人が多いな、この年賀状。

片っ端から電話するか？

「これから、ママさんの葬儀の為に、いっぱい連絡しなきゃいけないんだ。学校の先生とか友人とか。教えてくれるかな、ごめんね。ママさんじゃなくて俺が変われれば良かったのに。パパでごめんね」

「・・・」

『ピンポーン』

「この度は誠にご愁傷様でした。失礼して拝見させていただきます」

「はい、こちらへどうぞ」

ああ、気持ちの整理がつかない。

「ご遺体は葬儀までお預かりしますか？」

「いえ、その日まで一緒にいます」

「ではドライアイスをお持ちします」

「ドライアイスですか」

「失礼します。既に身体が冷たくなってきていますので、内臓の腐敗が始まります。それを遅らす為に必要です。ご遺体を移動するまで毎日交換にお伺いします」

ごめんねママさん。こんなに冷たくなったのに更にドライアイス。辛いよね。

「こんな事するの？」

「そうだね。生き物は死んじゃうと腐って、それから異臭が出るから。仕方がないんだ。

可哀想だけど」

「死んじゃったんだね」

「ごめんね」

本当にごめんね。

「朝、用意するから、少し待ってて。テレビでも見ててね」

そんな気分でも無いかもしれないけど。

「では葬儀の日取り連絡ください、お願いします。あと見積も」

三人で居られるのはあと数日。これが現実か。残酷だな。


「この来客用の焼香台ですが、無くしていただけますか？　妻もこういう形は望んでないと思うんです。皆様がもっと妻の近くに来れて出来れば顔を見てもらって」

「そうですか。承知いたしました。では参列される方々には、お通夜とか告別式じゃなくお別れ会、ということでご説明させていただきます」

「はい、お願いします。それでいいかな？　ママさん」

「こんな狭い箱の中に入っちゃってさ。いいんだよ『うっそ～』って起きてきても」

お花、いっぱいだね。ごめんね、この位しかできなくて。

「どうも、遠路遥々起こしいただき、ありがとうございました。お義兄様、お義姉様」

「大変だったね。家で看取ったの?」

「はい、宣告されてから退院させて、一緒の部屋で看病しながらずっといました。その節は大変お世話になり、ありがとうございました。御礼の言葉もございません」

「たった一人の妹だし。なんで俺より先に逝くかな。まだ子供も小さいのに。大丈夫か」

「はい、この場に来て現実を把握したようです。さっきから泣きっぱなしで。妻の会社の先輩が今は側に付いてくれています」

「君も気を落とさずに。これから数日は大変だから」

「はい、ありがとうございます」

「残念だったわね」

「はい、お義姉様」

ひと区切りなんだな。


「本日はご家族の要望により、故人とのお別れ会とさせていただきます。どうぞ順番にお別れをなさってください」

凄いな。外まで焼香の列が。

さすがはママさん。顔が広かったし、社交性もあって。知らない顔が多い。

しかしなんで俺なんかと一緒になったのかね。プロポーズ断れば良かったのに。

そしたら、死なずに済んだかもよ。

なんで？
でもそうじゃなかったら、娘はココに居なかったか。
こんな素晴らしい宝を残してくれて。
その成長はずっと側で見守ってください。
今日は何年分の涙を流しているのかな。ずっと泣きっぱなし。
そうだね、悲しいね。私もです。

先に逝っちゃったね。なんでだろうね。
ママさんのが年上だから、順番的にはそうかもしれないけど、早すぎる。
ばあちゃんより先に逝くなんて。
娘の成長、見なくて良かったの？
見たかったよね。そうだね。
口、少し開いちゃった。ごめんね。
明日はお別れだね。
ママさんにもう会えないのか。話できないのか。喧嘩も楽しかった。
写真、これで良かったでしょ。
生まれて直ぐの。抱っこしている時の。
ママさんが一番幸せな瞬間で、一番良い顔してた時の。

うれしかったね。俺もうれしかった。

何年もできなくて、お互いに諦めかけてた時に授かった。

少しずつ大きくなっていくママさんのお腹を見て、触って、さすって、ああ、親になるんだなって。

高齢出産だったから、帝王切開に決めて、その日がだんだん近づいてきて。

そして生まれた。

あの時の感動は忘れない。

ママさんにも、娘にも感謝しかなかった。

十二年。ママさん。たった十二年しか一緒に居られなかったよ。悔しいよ。

絶望

「私が抱き上げますので、車椅子を」

こんなになっちゃって。

さあ、家に着いたよ。ゆっくりして。

「ご・・めん・ね」

「俺がいるから」

かすかに頷いたか。

「ベッドへ移動します」

「帰ってきたよ、家。分かる？」

どんなに辛いのだろう。

「ありがとうございました。ここからは私がやりますから」

「はい、承知いたしました。私が出来ることはここまでだと思います」

「はい、ありがとうございました。支払いについては後日ご請求ください」

俺がいるから。


「お帰り」

「ただいま。今日から？」

「んん」

「大丈夫なの？」

そんなこと、ママさんの前で云うなよ。

「今日から三人で一緒の部屋で寝よう。昔みたいに川の字で」

「わかった」

「ママさん、帰ってきたよ。わかる？」

「手を握ってやって」

わかるんだね。うれしそう。

「少し休んでね。ちょっと離れるね」


「退院の時、先生と話した。大体二週間ぐらいだろって」

「治る見込みはないの？」

「ない」

「そう」

「ごめんね。この歳で母無し子にしてしまって。俺でごめんね」

そうだよね、泣くよね。俺も泣きたい。

「お願いね。これから三人で過ごす日々は永遠だから。この数日は笑顔でいよう。ママさんには心配かけないようにしよう」

不安だよな。これから俺と二人だけで。

どうしよう、何も考えられない。


「ああ、ああ」

「ママさん、大丈夫？」

苦しそう。もう会話が出来ない。

もう口から薬も飲めないし。

点滴が繋がっている針も痛々しい。

血がにじんでいるじゃん。

「もしもし、先生。凄く苦しんでるんです。はい、はい、そうですか。わかりました」

「なんだって？」

「もう末期だって。こうなると何もできないってさ」

「人ごとじゃん」

「そう、人ごと。医者も商売。これ以上は時を待つしかない、か」

「もう医者も、神様も信じない」

俺もそう思うよ。

「頑張れ、頑張れママさん」

苦しいよね、辛いよね。

俺には何も出来ない。ごめん。


少し、落ち着いたか？

そっちは疲れて寝ちゃったか。

「パパさん」

「ママさん、聞いてるよ」

「ありがとう、いろいろあって楽しかった」

「えっ？　何云ってんの？　治ったら、まだまだいっぱい楽しい事あるよ。だから、楽しかったなんて云わないで」

そんな、微笑んで頷くなって。

なんだよ、何が判ったんだよ。

判ったのかよ、自分が。

なんで分かったんだよ。

俺は何もわからないよ。

ママさん。

宣　告

「随分頑張られていたと思います。抗がん剤の副作用で頭髪も抜け、お身体もつらかったでしょう」

「身体もそうでしたが、精神的の方が大きかったと思います」

「そうですね。頑張った甲斐もあり、乳癌の方はかなり小さくなっています。この位であれば悪さをする大きさではなくなりました」

「そうですか、良かった。後で妻に報告します。ありがとうございます先生」

「しかしですね・・」

「はい？」

「新しい問題があります」

「・・はい」

「頭に転移しています。それに骨にも」

「それはどうゆうことですか？　抗がん剤治療をあんなに耐えたのに、転移？」

「奥様は比較的お若いので、その進行するスピードも速いのです。抗がん剤治療は初期段階では効果がありますが、奥様の場合、発見された時に、既に転移していた可能性があります。ここに来てそれが判りました」

「そんな」

「この病院では頭の治療はできません。紹介状を書きますので」

「治るんですか？」

「確かでない事はお答えできません。紹介先の病院でお聞きください。癌治療は首から上と下とでは治療方法が異なり、専門分野も違います」

「乳癌も治ってないのに違う病院にも通うってことですか？」

「致し方ありません」

なんで？

簡単に云うけどタダじゃないんだぞ。

それはママさんが健康になる事が一番だって事は分かるよ。でもさ。

そうだよな。俺がなんとかするしかない。

「どう今日は？」

「まあまあ。でも少し慣れてきた抗がん剤。慣れたくはないけど。わからないよね」

「ごめんね。辛いね。あのね」

「んん」

「最近、頭が痛いって云ってたよね」

「何か先生から云われた？」

「ん。頭に転移したらしい。この間のＭＲＩ検査で」

「・・そう」

「別の病院にも行かなくちゃならないって。紹介状書くからって」

「結構重いんだ」

「そうらしい」

「でもさ、こうなったら仕方ないじゃん。今の状況を受け入れて、最善を尽くそう。まあ何が最善かなんて、わからないけどさ。とにかく三人で頑張ろう」

「・・・・」


「うう、ううう」

「どうしたの？　大丈夫？」

こんな夜中に悪さしなくても。

「あっ、すいません。紹介状書いてもらった者ですが、今から行けますか？　緊急なんです、すごく苦しそうで。本当は明後日にお伺いする予定でしたが・・はい、はい、そうですか、お願いします。はい、車で。小一時間で着くと思います。はい、お願いします」

久しぶりだね、夜中のドライブ。

元気な時に行きたかった。

治ったらイッパイ出掛けよう。

ああ、寝てる。

起きたら手紙読んでね。ちょっと病院に行ってくるから。寝坊するなよ。

行ってきます。

だから寝ながら嫌がるなって。

いいじゃん、チューぐらい。

「すいません夜中に」

「大丈夫ですよ」

「カマって貰えますか？」

「えっ？」

「面倒見てくれますか？」

ママさん、何言ってるの?

「はい大丈夫ですよ」

「宜しくお願いいたします」

ママさん。俺、面倒見てなかった?

「先にMRIとレントゲン撮ります。それから血を採って診断しますが、お待ちになりますか?」

「すいません、娘を学校に行かせなければならないので一旦戻ります。それからまた来ます」

「何時頃になりますか?」

「恐らく昼頃には・・」

「分かりました。その位でしたら診断結果も出て病室に入られていると思います」

「承知いたしました。何か用意する物は?」

「最近別の病院で入院していましたか?」

「はい」

「では入院時の事はある程度お分かりかと」

「はい、知ってます。何か特別に何か・・」

「精神的にもお辛いかと存じます。何か気が紛れるような物があれば・・」

「はい、承知いたしました。よろしくお願いいたします」

写真と生まれた時のぬいぐるみ。


あ~眠い、暗い、寒い。

もう直ぐ陽が昇るか。

あ~あ、こんなタイミングで日の出見たくなかったな。

もう起きたかな?

直ぐに朝ごはんとお弁当用意するから、シャワーでも浴びててください。

しかしココを通るとはね~。三人で良く来た、懐かしい。

ちょっと怖がってたポニーちゃんの背中。

アスレチックや大きな滑り台。

ママさんのお弁当を広場で、皆で美味しく食べたな。あ~また来たいな。でも年齢的に無理かもな。

でも三人なら何処でもいいや。

充実の時

「すいません。こちらの勝手なお願いで」

「大変ですね。ご回復をお祈りいたします」

「ありがとうございます」

初めてだな、こんな制度。前の会社にもあったのかな。

でもありがたい。これで今は安心。


「ただいま」

「お帰りなさい」

「介護休職、取ってきました。これから家にいます。最大三ケ月。それまで直そう」

「ありがとう。でも大丈夫？　仕事」

「俺が一人いなくたって、会社が回らない事なんてない。それにこっちのが重要だから」

「収入は？」

「会社から四〇％、健保組合から四〇％の補助が出るから八割の収入はある。当面それで凌げると思う」

「でもそれじゃ、病院費用は？」

「高額医療費制度の申請もして、ある程度の補塡が出るから、ママさんは心配しないで。がんばろう三人で。癌を倒そう」

「ありがとう」

「泣かない、泣かないの。あの子は？」

「塾に行ってる。今は自習してる頃」

「そう、でもそろそろ暗くなりそうだから、迎えにいくか」

「じゃ食事用意しておくね」

「ありがとう、あまり無理しないで」


「いただきます」

「久しぶりだね。朝から揃って食べるの」

「味は大丈夫？」

「美味しい、美味しい」

「気分はどう？」

「ここ数日は調子が良い。でも薬の副作用が不定期に出るから。味覚も少し鈍感になっていたから味が心配だったけど」

「来週の文化祭、一緒に行けると良いね」

「いいよ、見に来なくて」

「娘の活躍を見るのも、良い薬になるから」

「だから、来なくていいから」

「はいはい」

「はい、は一回じゃないの？」

「はい、そうでした」

「いってらっしゃい」

「さあ、後片付けとかやるから、少し休んだ方が良いよ。朝の仕度で疲れたでしょ」

「すいません。薬飲んだら少し休みます」

「そうして」

俺、育メン？　ちがうか。

だんだん水が冷たくなってきました。

少し手荒れがしてきたかな。後でハンドクリーム塗ろう。

終わったらゴミ出し。それから洗濯と布団干し。

ママさんの部屋以外掃除すると、四時間ぐらいか？

洗濯物と布団確認して、整理して。

でもその前にママさんの昼食があるか。

リハビリの時間もあるし。

まあ徐々にこの生活に慣れないとな。

なんかチョット楽しいかも。不謹慎だな。

「いち、にい、さん。いち、にい、さん」

こんな風に、ママさんと二人でいるのいつ位だろう。

もう三週間か。

新婚旅行以来じゃないかな。毎日四六時中一緒にいて。

なんか新鮮。

毎日のリハビリ。なんか楽しい。

「大分、足が上がってきたね」

「こんなこと一緒に出来るなんて」

「ママさんがまた、ママさんとして頑張れるように、今を頑張ろう」

「なんか楽しい」

そう思ってた、俺も。

「いち、にい、さん」


「お帰りなさい」

「ただいま」

「今日は大好きな酢豚とキャベツのスープ作ったよ」

「ありがとう、ママさん。体調は？」

「今日は随分楽」

「パパさんはビール？」

「ああ、自分でやるから」

「週一回はノーアルコールデイにしないと」

「ああ、ごめん忘れてた」

「まあ、やる気ないでしょ」

笑ってごまかした。

「どうかな。今度の文化祭。見に行けそうかな」

「そうね。この調子なら行けると思う。運動会は入院してて行けなかったから」

「別に見に来なくてもいいよ」

あれ、デジャブ?

「なんでよ。親の楽しみを取らないでよ」

「だってまたビデオ撮るでしょ」

「それりゃ撮りますよ」

「無駄じゃない。撮ったって見ないでしょ」

図星。

「なんかパパしてるわね」

「そうねパパしてるね」

「バカじゃないの」

「親になったらこの気持ちわかると思うよ」

「多分分からないと思うよ、私は」

「そうかな」

なんか撮られるのイヤになったな。

今年になってからかな。

カメラ向けるとすごく嫌がって。

ちょっと特殊か。


「頑張ってたね」

「そうですね」

「またバッチリ録画しました。これで小学校の行事もあと卒業式だけ。またバッチリ撮りたいな」

「それまで生きていられるのかしら」

「なに云ってんの。大丈夫でしょ」

正直、それしか言えなかった。

難しいのはわかっている。

抗がん剤の影響なのか、髪の毛もなくなって、体力も落ちて、最近は車椅子。

話す言葉も弱弱しい。

ママさんがいなくなったら、その恐怖心。

「ごめんね、押してもらって」

「なに云ってんの。大丈夫でしょ」

デジャブ？

なんか、どうなのか、お互いやさしくなったって感じる。

ママさんは辛いけど、なんか心が穏やかになったって云うか、不思議な感じ。

「疲れたでしょ。帰ったら少し休んで。俺が家事やるから」

「ありがと」

希望

「よく頑張ったね。お疲れ様」

すごいよ、僕らの子供。

小っちゃい。

この手、この足、ああ。

この感動は言葉にならない。胸が、なんかなにも云えねえ〜。

「かわいいな。大丈夫だよ。パパとママが守るからな。伸び伸び育ってくれよ。生まれてきてくれて、ありがとう。僕たちのところへきてくれて、ありがとう」

泣かないね。わかるのかな。

「将来、どんな男と結婚するのか」

「まだ早いわよ」

「そうだな。嫁にはやらんぞ」

　君は希望だ。


「キャキャ！」

『お〜い、よちよちかわいいな』

『そんなにくすぐらないで、かわいそうでしょ』

『だってかわいいんだもん。ね〜。かわいいオベベ着て。おめでとう』

「この道を真っ直ぐだっけ」

「そう、そろそろ見えてくると思う。ああ、あっち」

「おお、なんかどうしたの？　嫌に笑ってて機嫌が良いみたいね」

「ねえ、なんだろ？　誰かくすぐってる？　ん？　誰かって？」

「ようやく着いたね。やっぱ遠いや。なんでこんな遠いところにしたんだ？」

「んん、父方のお爺ちゃんが亡くなった時、いろいろとお墓探して。母がお墓お墓していないところが良いって。なんかドヨーンとしてて空気も濁ってる感じしない？　お墓って」

「んん、確かにココは見晴らしは良いし、ちょっとした観光名所だし。でも遠いな」

「そうね」

「あの子大丈夫か？　なんか楽しそうね？」

「なんかおかしいんだよね」

『すまないな。運転してもらって。もう俺は出来ないから。はいカワユイね～』

「ああ、少し曲がってるな。直すよ。はい、到着」

「ご苦労様。先トイレ行ってくるね」

「俺も」


「さあ、お参りしようか」

『はいはい、あんよは上手』

『もう、大丈夫でしょ』

「ここのブロック、七列目・ああ、あった」

『いらっしゃい、待ってたよ。まあいつも一緒にいるけどね、ママさんと』

「お父さん、お母さん、見てください。この子は昨日七五三でした。来年で三歳。さあババとジジがいる所だよ。そのままババとジジも一緒」

「あれ、さっき車にいたよ。もうココにいるのね。早いね」

「え？　何云ってるの？」

「見えてんじゃね？」

「もう、いいから、はい、手を合わせて」

『ママさん、良かったな』

『はい』

「石、掃除しないと」

「そうだね」

『濡れちゃうから離れてて』

『また、ちょっかい出さないの』

「どうしたの？　何か楽しいの？」

「やっぱ、見えてんじゃね？」

「そうかもね」

「さあ、もう一回手を合わせましょ」

「また来ますね」

『いつも側にいるよ』

◆　◆　◆

―（夢の中）―

激しく言い争いをする女性二人。

その声は確認できないが、比較的若く見える女性が大きな荷物を持って家を去ろうとする所、比較的高齢の女性が後ろから衣服を引っ張り引き留めている様。

その少し後ろで初老と云う表現が合いそうな男性が、ただただその光景を見て立ち尽くしていた。


大樹が公園の長椅子に青いリュックを枕にして寝ていた所、そのリュックを勢いよく奪って走り去るヘルメットを被った者。

主を突然失った頭。その衝撃で目を覚ました大樹はその者をロックオンして素早く追いかける態勢を整えると、左右の足が交互に動き出す。

そして徐々に狭まる二人の距離を感じた大樹は更にギアを上げて地面を力強く蹴り上げる。

突然、青いリュックが宙を舞うとバイクに二人乗りしている後部の者がそれを受け取った。

リュックを投げた者は跳び箱を跳ぶかのようにもう一台のバイクの後部座席に尻を密着させると、大音量のバイク音が周囲を木霊する。

手が触れそうになる瞬間、そのバイクは反転するように位置を変化させ、白い煙を残して走り去って行く。

あと、あとほんのちょっとの差。

その別の方角へリュックを持ったバイクもその場を去って行った。

大樹は左右を交互に振り向きその行方を眺めるが既にその姿は小さくなっていた。

呼吸を整え、ゆっくりとリュックを奪ったバイクの方向へと歩き始める大樹。

一瞬の出来事だったが瞬間的に身体を動かした事で少し足腰にダメージが残る。

額からも汗が滴り落ち、湯気が頭から出ている様だが、季節的に暑さで身体を消耗させる時期ではない事が救いだった。

どの位歩いただろうか。

長く歩いたせいで自分の身体が足裏に重くのしかかる。

また、ダメージを受けた足腰が更に疲労感を受け入れていた。

それはまるで「こなきジジイ」を背負って当てもなく歩いている様。

行く先の道端にぼんやりと見える何か。

気にしながら近づいて行くと、それは自分が盗まれた青いリュック。

「あっ？」

重い足を引きずりながら、その目標へと身体を前のめりになりながら進む。

「はあ～」

ようやくその目標にたどり着くと、右手でそれを押さえつけて尻を地面に勢いよく密着させた。

一息つくと青いリュックを持ち上げて、胡坐をかいた隙間に格納した。

まずはリュックの周囲とチャックや紐の結び目をしつこく確認した。

「んっ？　なんで？」

そして紐をほどき、チャックを開きその中に右手を押し込んで手触点検する。

大樹は首を傾げながらリュックの中身をひとつずつ外へ取り出す。

それなりにキレイに陳列されたリュックの中身を眺める大樹。

「良くわからないな〜。せっかく盗んだんだから何か取っていけよ」


青いリュックを背負って歩く。

それはいつもの大樹の姿。

何を目的に、何を目指すのか？

いつから続けているのか？

上着からメモ紙の束を出しては一枚、また一枚とその紙をめくる。

その手を止めた紙には地図が描かれ、ある場所に「●」印が記してある。

「行きますか」

その「●」印へ向かうのだろうか？

大樹の活動がまた始まる。

第2章　KYOEN

狭園

音成高校音楽部の部室から、バンドアンサンブルのサウンドが鳴り響く。

ドラム、ベース、ピアノ、ギターの4リズムでリードはバイオリンが担当。

その音楽はジャズのようだが、そのグルーヴ感には少々難があるようだ。

どちらかと云うと音が拍の前に突っ込むように出る印象。

また各々パートのピッチがズレているかのように、一体感のあるアンサンブルではないのが残念。

一歩間違えると不協和音にしか聞こえない、ミストーンが多い未熟なバンドと思われるのかもしれない。

そんなバンドである。

ピアノがポップスや歌謡曲のような分かりやすいスカッとしたコードではなく、どちらかと云うと少しもどかしいような、はっきりとしないコードを多用し、小刻みにその位置を変えていく。

ドラムはライドシンバルでビートを小刻みに刻むと、キックとスネアは規則性がなく、アクセントのように鳴ったり滑ったりとつかみどころがない。

ベースも一定のビートを刻むとは異なりドラム、ピアノの隙間を縫って速く動いたり伸ばしたりする。

ギターはひたすらカッティング。

その4リズムの上に乗って、またインスパイアされて音を奏でるバイオリン担当の初音朱音（一六）は高校一年生。

本来音楽部員ではない朱音は、学校行事である秋の文化祭コンサートとバンドコンテスト出場の為に呼ばれた。

音楽部員は朱音を除く四人のみ。

全て三年生で来年の春にめでたく卒業の予定。

後輩に恵まれなかった音楽部は残念ながら今の部員が卒業後廃部が決定している。

助っ人朱音は小さい頃からバイオリンを母親の音楽教室で習っていた。

その発表会をたまたま見に来ていた音楽部員からスカウトされたのだった。

その部室の壁には「第二十五回インストゥルメンタルバンド・コンテスト地区大会」のポスターが貼ってある。

ポスターのデザインは下品ではなく荒々しくもなく、決して雑な印象は受けない。

中央にバイオリニストをイメージするシルエットがそれ程大きくなく陣取り、その周りをドラム、ベース、キーボード、ギター等の楽器がそれぞれの特徴を表現するような形と色合いを見せる。

　中央のシルエットを囲むように、また攻めてくるかのように配置よく表現されているのも印象的。

　インクを上から落とし爆発し、散らばったような模様が全体の雰囲気を押し出す。

　型破りな新鋭画家が描いた絵の上に楽器を載せたようなイメージだ。

　コンテストの文字、ロゴは上部にそれほど大きくなく、色合いとフォントも控えめのように感じる。

　もしかするとこのバンドをイメージしたのか？　と思えるようなポスターである。

　朱音はその４リズムに必死で音を乗せるが、クラシックを中心にやってきた自分のスタイルにそのタイミングがつかめない。

　朱音の眉間のシワが徐々に深く目立ち始め、目を瞑りながら、また探りながら気持ちだけ必死について行く。

　薄っすらと右コメカミの上部から一粒の汗がゆっくりと下に流れていくと・・

「ああ、ちょっと、ちょっとすいません」

　朱音は弾くのを止めて、バイオリンと弓をしっかりと左右それぞれ握りながら両手を振り、音を止めるように訴える。

　それに気づいたドラマー戸波博斗（一八）が演奏を止める。

他の3リズムが違和感を持って、演奏を次々と止めた。

「どうした?」

ピアノ担当の新座莉子(一八)が鍵盤から手を上に上げて、手首から上が下にダラーっとした恰好のお化けポーズで話す。

「ちょっと私のスタイルとは違ってて、摑みどころがないと云うか、何を弾いて良いのかも分からなくて」

「そう、まあインプロだからね」

ベーシストの東家颯馬(一八)が答える。

「インプロ?」

「インプロビゼーション、即興の略」

「即興演奏ですか。はあ」

「ジャズ系の場合、大体曲中で長さも決めずに自由に演奏する部分があってね。皆それぞれアイコンタクトしたり、演奏で意思表示したりして、その緊張感がたまらなく気持ち良かったりしてさ」

「あれ? イッチョ前の事云ってくれるね」

そう横槍をいれてきたギターリストの仁藤悠生(一八)。

「私の場合、指揮者の前でやるか、自分のタイミングで演奏するかでやってて。こうゆうのは初めてで。ドラムのリズムも不規則で合わせづらいし、ドラム以外にどれに乗せようかわからなくて」

「と云う事はさ、この4リズムが合ってないってことでしょ。ん？」

博斗は朱音以外の三人を見回した。

「確かに。気持ち良くなかった」

「そうね、ちょっと私たちには無理かもね、この系統は」

莉子がそう話すと悠生は顔を顰めながら軽く数回小刻みに首を縦に振る。

「この曲は決まったフレーズが少ないし、インプロの部分が大部分を占める。魅力的なフレーズや間のとり方や、俺たちはまだその域に達してないって事か」

「そうね、チック・コリアみたいに弾けたらな〜って」

「そうだよな、ジャコ・パストリアスみたいに弾けたらな〜」

「ああ、ジーン・クルーパーみたいに」

「スティーヴ・ルカサーみたいに・・・」

莉子、颯馬、博斗が悠生を睨む。

「ちょっと違うんじゃね」

「ええ、でも近くない？」

「まあ、そうだな、ペイチとやってるし」

「ボーさんだってイケるでしょ」

「それは全然違くね？」

「出来ると思うよ」

そんなやりとりを朱音は不思議そうに聞き、見ていた。

「あの～、結局どうします？」

四人は話を止め、一斉に朱音を見る。

「文化祭はコピー中心でも良いけどコンテストはオリジナルで行きたい。まあコンテストにはまだ時間があるから、文化祭の方向性だけ先に決めよう。皆明日までにこの五人に合いそうな曲を持ってきてくれない？」

「ＯＫ」

「おう」

「じゃ今日は解散、お疲れ」

リーダー格の博斗がその場を仕切る。

皆それぞれ帰り仕度を始めた。

朱音はバイオリンを布で丁寧に拭く。

「それ高いの？」

莉子が話かける。

莉子の場合、ピアノの鍵盤に長い布をひき、蓋を閉めるだけで特に楽器の持ち物はないから支度に時間は要らない。

「お母さんのお古で、値段は解らない」

「そう、凄いね。お母さんバイオリン弾けるって素敵だよね。でも私のお母さんはピアノひけるんだよ」

「そうなんですか。素敵じゃないですか」

「この間、ピアノの置く部屋を移動した時、下に丈夫な布を引いて、ピアノ動かしてた」

「えっ？」

「重量級なんだ、家の母親」

「・・・・」

朱音と莉子は顔を見合わせて苦笑した。

「じゃまた明日」

次々と部室を出る五人。

今日縁

学校の帰り道。

交差点で別々の道に分かれて、手をふりながら歩く朱音と莉子。

朱音は土手を歩く。

今日はいつもの道とは違うルートで帰宅しようと遠回りをしていた。

それは何となく、そんな気分。

コンクリートで自転車も通行しやすい道を、どこかシンミリとした表情の朱音。

両手にはしっかりとバイオリンケースを持つ右手と学校鞄を持つ左手。

しかしその大切さの違う様子が両手に現れていた。

ちょっと気が散ると左手の握力がその任務を怠り、学校鞄が引力に負けてコンクリートと衝突する。

「あっ」

朱音はゆっくりと右手のバイオリンケースをコンクリートに密着させると、左手で学校鞄を持ち上げて衝突した部分を右手で掃う。

左脇で学校鞄を抱えながら、右手でバイオリンケースを持ち上げ左手に持ち替えると、スカートのポケットからハンドタオルを登場させてはバイオリンケースとコンクリートが密着した部分を拭く。

またハンドタオルをポケットに格納させるとバイオリンケースを持ち変えて、両手で各々をしっかりと握り上げると、またゆっくりと歩き出す。

「んっ」

朱音は周囲を見渡す。

遠くの方で電車が鉄橋を渡り過ぎて行く時、夕日の反射で何かが光って見えた。

電車が通り過ぎて静かになると、何かの音色が聞こえてくる。

光っていた方向に目をやると橋の下でバイオリンを弾く人を発見した。

そのフレーズはゆったりとやさしく語り掛けるような豊かな印象。

ストレスなど感じようが無い。

またその音色、弦をこする感じは朱音を魅了するように、また引き込まれるようにその方向へと誘われる。

朱音は匂いを嗅ぐように、鼻の穴を少し上に向けて、顔全体が身体全体を先導するかのように自然と足がコンクリートを擦って行った。

コンクリートの道を逸れ、その音色を奏でる犯人の元に近づいて行くと、雑草と土が足のコントロールを鈍くする。

それでも朱音の耳を操り続けるその音色にあと少しの所で標的を確認できた。

「高星伊織？」

その音色の主が演奏を止める。

『なんでこんな所にいるの？』

朱音は内心そう疑問に思いながら、でもどこかでワクワクしている自分の気持ちをどうにか表に出さないよう抑えていた。

「ゴメン、ちょっと雑っぽかった？」

「えっ？」

「もしかしたらその位置だと、ディレイのループが喧嘩してたかも」

「えっ？」

「もう止めるから」

「えっ？　いえいえ、止めないでください。素晴らしい音色と曲調で、ついつい引き寄せられて」

「へえ～そうなの？　嬉しいです」

『なんだよ、この爽やかな感じ。これってナンパの常套手段か？　ああやって何人も誑し込んでいるのか？』

朱音は内心そう思って、少しワクワクのバロメーターが低くなる。

「ああ、でも素晴らしい、でした。あれはオリジナルですか？」

「はい。今度のコンテスト用に。まだ途中ですけど」

弦交音楽大学三年生の高星伊織（二一）はサークル活動でバントを組み、朱音たちが出場を予定するコンテストに照準を合わせていた。

「君もバイオリン弾くの？」

「はい少しだけ。高星さんには足元にも及びません」

「僕を知ってるの？」

『そりゃそうでしょ。今、時の人です貴方。「学校ドッキリ」の番組で紹介されて、あの演奏を地上波で聞かされたら、大抵の女性はコロリンチョ、でしょ』

「私は違うけど」

「はい？」

『また、それなりのイケメンだし』

「私は知らんけど」

「えっ、はい？」

「はい、あの学校紹介のテレビ番組で弾いてなさってて」

「そうですか、ありがとうございます」

『なんだ好青年じゃない。いやいや、騙されるな朱音』

「よかったら貴女の演奏を聞かせてくれませんか？」

「いや、そんなお聞かせするレベルではありませんから」

「どうぞ」

伊織は学校鞄とは違うマイバッグの中から、大きめのタオルを取り出して石ころがゴッゴッする土の地面にひいた。

「汚れちゃいますよ」

「バイオリンを汚すより良いでしょ」

『素敵』

「それに僕の勝手だから。聞きたいのは」

「・・はい」

朱音はゆっくりと両手に負担を掛けていた物を伊織が用意したタオルの上に置く。

「ありがとうございます」

「どういたしまして」

朱音はバイオリンが収納してあるバッグから、母親から譲り受けたバイオリンを取り出した。

「キレイに手入れしてますね。大事にされて喜んでいると思います。そのスオノブレデュール」

「よく分かりますね」

「はい」

『凄いなこの人。ヤバイしっかりしないと』

朱音は左手でネックを握り、アゴ当てを首に挟んでから、右手に持っていた弓を弦の上にセットしようと持ち上げる。

「はぁ〜」

弓を弦の上に構えた朱音はそのまま目を閉じながら制止する。

「少しテンポを速くしましょう」

「はい？」

「カノンはそのままのテンポだと、この場所ではディレイ音がぶつかってしまうので」

「なんで分かったんですかカノンって」

「左手の形と弓の位置で」

『凄い、凄すぎる。太刀打ちできない』

「ではこの位で」

伊織は通常持つ弓を逆転させ、持ち手から長い方を下に構える。

少しだけ持ち手の親指と人差し指の間から、はみ出た弓を指揮棒に見立て、指揮者のように身体を使ってテンポを表現する。

朱音はそれを見て、身体で感じながら演奏を始めた。

自分が奏でる音と壁にぶつかる音はテンポと同期し、気持ち良くディレイ音が反射して音の波が次々と自分の耳に覆いかぶさってくる。

『なんか凄い。これがディレイか』

朱音は目を閉じながら自分の音に酔っていると、そのメロディーに絡むように聞こえてくる音に鳥肌がたった。

『高星さんがサブを』

伊織は朱音のメロディーに絡み、時には小刻みに上下を行ったり来たり。時には三度と六度でハーモニーを奏でたり、微妙なニュアンスでテンションを加えたり。それは朱音の真っ直ぐなメロディーに、蛇が絡んで巻かれるように。

また『あ〜れ〜』着物の帯を解かれるように。そんな妄想に浸りながら。

その音色もタイミングも、それが確かな技術から生まれている事を感じ、憧れと共に嫉妬する感情も生まれる朱音。

『いつものようにこのメロディーを弾いているだけなのに、こんなにも違うなんて』

二人は次第に見つめ合い、微笑み、身体を使ってリズムをとりながら、揺れながら演奏するその姿は、息のあったパートナーの様。

そしてその演奏が最後のトーンを迎えると、二人同時に弓を弦から少しだけ離れたところで静止させた。

『パチパチパチ』

橋の反対側から一人の拍手が聞こえた。

二人は遠くから聞こえた拍手の主へ軽く会釈で返した。

ホームレスらしい老人とも云える男性。

笑顔。

「ありがとうございました」

朱音は深々と頭を下げ、伊織に感謝の言葉と気持ちを伝えた。

「素直で良い音色でした」

二人も笑顔。

「じゃ僕はこれで」

「あ、私も」

二人はバイオリンを丁寧に布で拭き、所定の収納ケースに収める。

帰る支度をする二人は終始無言。

二人共、この沈黙に何を考えるのか。

何かが芽生えたのは確かである。

「じゃ」

「はい」

伊織は軽く右手を挙げて挨拶する。

朱音は先程と同様深く頭を下げた。

伊織が去って行くその後ろ姿を、穏やかな表情で見つめる朱音だった。

凶　園

「これ良いと思うんだけどな～」

「いやいや、こっちでしょ」

音成高校音楽部室内で、朱音を含む五人のメンバーが曲の選定をしていた。

それぞれが持ちよったCDを代わる代わる視聴して意見交換をするが、その方向性が未だに決まらない。

「朱音は何持ってきたの？」

「はい」

「なにこれ。バイオリン入門曲集」

「それとこれ」

「ＢＭか。両極端だな。これじゃ単にＢＧＭのチャンネルを変えているようなもので、バンドとしての一貫性が無いじゃない。それにバイオリンの練習曲ってないでしょ、クラシックだし」

莉子は『やれやれ』と云ったような呆れたポーズをする。

「入門曲集や練習曲って、音楽を習った事がある人は必ずやるから、結構知られている曲が多いの。ＣＭでも流れている曲があるし」

「だからと云ってクラシックじゃな」

「だからアレンジをＢＭにすれば」

「あ〜なるほど、面白いかも」

朱音の提案に納得する他のメンバー。

「早速やってみない？」

「じゃカノンから」

「あれってメジャーでしょ。ＢＭはマイナーじゃないとね。ダークカノンでどう？」

「よし、じゃトニックマイナーから」

早いドラムのビートに音符を連打するベースが乗り、ディストーションを効かした音色でそれに絡むギター。

ピアノは全体から覆いかぶさるようにシンコペーションを多用しコード感を出す。

ジャズ風のビートとは異なり、このバンド特有の前のめりするそのグルーヴは、この4

リズムには向いているようだ。

朱音はこのビートに乗れるのか？


【カンパ〜イ】

音成高校の文化祭を盛況のうちに終わらせた音楽部のメンバーは、その打ち上げでカラオケ店に来ていた。

「いや〜美味しいね」

「ねえ、ちょっと、まだ未成年でしょ」

莉子の正義感か。

「あれ？　十八はもう成人でしょ」

「これはまだ」

「なんかさ、日本の法律って面倒くねえ？　十八は成人だけど酒とタバコは二十歳。消費税も物によって利率が変わる。なんかスパッと決めてくれないかね」

「まあそうやって色々やっている感を出して人気取りしてさ。また選挙で当選すれば安泰でしょ政治家なんて」

「いや政治家の皆さんは国民の為に考えてやってくれてるんですよ」

「あれれ？　どうしちゃったの？　今日のステージでカエシが煩くて変になった？」

「確かに。皆の音は良く聞こえてたけど自分の音があまり聞こえなかったから、力入っちゃってもう～」

「まあＰＡは素人だから」

「いや俺たちも素人だから」

メンバーの笑い声がカラオケルームに木霊する。

「ちょっとまだ歌わないでしょ。テレビ見ていいかな」

颯馬がそう云ってリモコンを操作する。

「今被疑者が警察の車に移動しました」

テレビから流れるその声と写し出されるテロップ。

（バイオリン期待の新鋭、高星伊織逮捕）

「えっ、なんで！」

朱音は身を乗り出してテレビを見る。

「まさか、あり得ない」

今度はショックなのか、足の力が抜けて腰から砕けるようにソファーへ落ちた朱音の身体は、ソファーの上で何度か跳ねた。

「何があったんだ」

「逮捕って容疑者なのか？」

「ちょっと静かにしてください」

朱音はメンバーの話で聞こえないテレビの声を必死に理解しようとしていた。

―（テレビ内）―

「現場の横井さん、現状で何かわかった事はありますか？」

「はいこちら現場の横井です」

「つい先ほど、高星伊織を乗せた警察車両が現場を後にしました。本日午後五時頃、高星宅から一一〇番通報がありました。身内を殺したから来てください、と電話があって警察官が高星宅へ駆け付けたと云う事ですか？」

「横井さん、警察に来てください、と」

「はい、そのように警察関係者から聞いています」

「ではその電話が高星伊織本人からだったのでしょうか」

「それは今のところ確認できていません」

「じゃ今このテロップに出ているのは間違ってますよ。逮捕ではなく重要参考人として任意同行じゃないですか？　横井さん。先ほど警察車両に乗り込んだ高星伊織さんは手錠をしていましたか？」

「すいません、この位置からでは・・・」

少しの間、テレビ内の周りが騒がしくなっている。

テロップが変更された。

（バイオリン界期待の新鋭、高星伊織さん警察の任意同行に応じる）

「まだ被疑者じゃないんだから慎重に」

テレビキャスターが少し興奮気味に声を荒げる。

『ここ知ってる。中学時代の友人宅の近く』

朱音はテレビに映っている場所を特定していた。

「失礼いたしました。つい先程、テレビ番組「学校ドッキリ」内で紹介されたバイオリンの名手で期待の新鋭、高星伊織さんが重要参考人として地元警察署に任意同行を求められそれに同意した模様です。現在は自宅を後にして警察署に向かっている所です。本日の午後五時頃、高星さん宅から一一〇番通報があり、身内を殺したから来てください、と話があったそうです。通報したのが誰なのかは今のところ確認できていません。身内とは誰なのか、また伊織さんがどのように関わっているのか、また新しい情報が入り次第お伝えいたします」

朱音は帰り仕度をする。

「どうしたの朱音」

「私、行ってくる」

「えっ？」

「私、判るの。あの人そんな事する人じゃないって」

「どうしたの？　好きになっちゃった？」

一瞬言葉を失う朱音。

「そうかもしれない」

「ええ？　どこかで会ったの？　もしかして内緒で付き合ってた？」

朱音は出会った事をメンバーに話していない。

この文化祭のアイデアを貰ったのが伊織からだと云う事も。

「行ってくる」

朱音は荷物を持ってカラオケルームを飛び出して行った。

「あれれ、血相変えて」

「本当かもしれないね。顔見知りなの」

「まあプライベートだから」

「俺たちに秘密はないよな」

「何気色悪い事言ってんだよ」

「文化祭は盛況だったけど、結局身内だから本当にウケていたかは微妙。でもコンテストはシビアだからさ、ある程度納得できるオリジナルを持っていきたい」

リーダー格の博斗が云う言葉に、他のメンバーが共感するように頷く。

「朱音はまだアウェーだから、俺たちが引っ張らないと」

「じゃこれから曲作っちゃう？」

「いいね、カラオケルームから生まれたオリジナルなんて。俺たちだけでカラオケ作っちゃおうぜ」

【お～！】

取り残された感もある音成高校音楽部メンバー四人は、その部屋のテレビもＢＧＭも消音する。

隣の、あるいは外から漏れる小さな雑音だけが入り込む部屋に邪魔者は必要ない。

楽器が無くても曲は作れる。

四人それぞれが自分の役割を理解すれば素晴らしいものは生まれる。

はずだ。


「はあ、はあ、はあ」

朱音は走っていた。

あれは何かの間違えでは無いか。

そんな期待を込めて高星宅を目指して、走っていた。

しかしその勢いでバイオリンケースの中からガタガタと音がする。

大事なはずのバイオリンはいつもより雑に扱われた。


高星宅付近。

その周りには多くの野次馬が陣取り、警察関係者は仕切り越しに警備していた。

テレビ・報道関係者が野次馬とは違う角度から違う場所で次の展開を覗う。

朱音はその場所に着いた。

野次馬の後ろから高星宅を確認しようとするが、野次馬が多くて容易に見えない。

朱音は場所を変更しようと異なる方向へと移動する。

テレビ・報道関係者に近い場所。

一般宅の所有地だが意を決して潜入し高星宅が良く見える場所を見つける。

ガレージ近くに小さな物置。

その陰に隠れながら高星宅を偵察。

少し体をズラすと、この土地建物を所有しているであろう人々が庭先あたりから高星宅を見ている様子が確認できる。

【ピーポーピーポー】

「救急車が到着した模様です。これから遺体が運ばれるのでしょうか」

皆一斉に救急車が到着する方向を見る。

救急車が高星宅の直ぐ横に位置し、サイレン音が停止すると野次馬もテレビ・報道関係者も固唾をのみ、ほんの一瞬静寂がその場を支配した。

直ぐに警察関係者が数人集まると、玄関から救急車にかけて繋がる場所を左右から素早くブルーシートで覆った。

【わ〜、カシャ・カシャ】

一斉に野次馬の雑音や報道陣のシャッター音が静寂を殺す。

近所迷惑という言葉がこの世に存在しないかのように、そこに集まった人々は好奇心という形のない悪魔に支配されていた。

「ああ、ブルーシートが動いています。人が通っているようです。それは遺体なのでしょうか？　高星伊織参考人の両親、ショウダイさんでしょうか、エミカさんでしょうか？　それともまったく違うお身内の方なのでしょうか？　これでは確認できません」

静寂とも喧噪とも違う微妙な雰囲気の中でそこに居る人々が好奇心ビームを放つ。

それは野次馬根性とも云えるのか。

暫くしてブルーシートを持っていた関係者は、少しずつ覆いを解除し散らばっていった。

【ピーポーピーポー】

既に後部ドアが閉められ、再び近所迷惑な大きな音を発すると救急車は高星宅から離れて行った。

次々と高星宅から警察関係者が外にでてくると、テレビ・報道関係者がそれに群がった。

これから大きな進展が望めないと感じた朱音は、その場を後にする。

左右を見渡し野次馬の方へ。

「すいません、あの救急車ってどの病院に行くんですか？」

朱音は野次馬の中から一見大人しそうな中年女性に声をかけた。

「どうしたの？　知り合い？」

「そうじゃなくて。母が医療関係者で、もしかしたらって」

「あっそうなの？　多分だけどココから一番近いのは城門救急病院だと思うよ」

「ありがとうございます」

「それから、警察は成入警察署が有力」

「ありがとうございます」

朱音は深々とその女性に頭を下げる。

「気をつけてね」

「はい」

朱音はすぐにその場を離れた。

少し行くと、もうそこに人影はない。

立ち止まってスマートフォンで検索。

最初から伊織が連れて行かれた警察署が知りたかった。

咄嗟に出た言葉に、通常とは異なる環境では的確に判断して反応するのは難しい。

誘導質問ではないが、それらしい質問をするとそれに関連するワードを出してしまう心理が人にはあるらしい。

よくよく考えると、後で失敗したと思う事でも。

「よし」

朱音は足早に目標に向かって走りだす。

―（テレビ内）―①
「重要参考人、高星伊織さんは成入警察署に身柄を拘束されてから黙秘を続けていると、関係者の証言で明らかになりました。警察は引き続き身柄を勾留する模様です」
―（テレビ内）―②
「高星宅より城門病院に緊急搬送されたのは高星伊織さんの父親章代さん四七歳と母親の咲果さん五二歳と判明しました。二人は共に重体で意識不明との事です。詳しい状況はわかっておりません」
―（テレビ内）―③
「成入警察署内は重要参考人として身柄を勾留中の高星伊織さんを被疑者として逮捕したと発表がありました。これから被疑者高星伊織の取り調べが始まります」
―（テレビ内）―④
「高星宅の現場検証が行われています。多くの警察関係者が出入りをしています。あっ、緊急速報です。事件当日、高星宅から搬送された高星章代さん四七歳とその妻咲果さん五二歳の死亡が確認されました。章代さんは腹部に包丁で刺された後があったようです。また咲果さんは癌を患っており、現在直接的な死因を検証中との事です。被疑者高星伊織は依然黙秘権を行使中との事で捜査は難航中です。今朝、西京拘置所に身柄を移された模様です」

伊織を乗せた警察車両が西京拘置所に近づいて行く。

その出入口には多くの報道陣やファンらしき人々がその車両を待っていた。

車両が出入口に差し掛かると、報道陣は一斉にシャッター音を鳴らす。

またファンらしき人々は歓声を上げ、中には手製の団扇を振っては己を訴える。

数名の警備員がそれらを制止する中、車両は拘置所の敷地内へと進入して行った。

その出入口には門が現れ、その人々と伊織を遮断する。

報道陣やファンらしき人々のその多くは方々に散らばり拘置所を後にする。

数名の報道陣はそのまま留まる様子。

またその中に朱音の姿もあった。


西京拘置所内面会室に伊織が現れる。

それを待っていたのは、警視庁捜査一課の梶原蒼空（二五）。

伊織は所定の椅子に着席し蒼空と顔の位置を同じくした。

「高星伊織君。初めまして。警視庁捜査一課の梶原蒼空です。貴方の捜査を担当する事になりました、よろしく」

蒼空は一瞬軽く頭を縦に動かすが、目は伊織に対して強い圧力をかけていた。

「調書拝見しました。個人情報だけで、後は全て黙秘。何を聞いても答えてはくださらない」

伊織は最初だけ蒼空の顔を見たが、それ以後は下を向いたまま何も発しない。

「これからも黙秘を続ける気ですか？　お互い無駄な時間を過ごすのは止めませんか」

伊織の表情を覗う蒼空。

「ご自宅の中を拝見させていただきました。小さい頃からバイオリンを弾き、自分で作曲もして絶対音感を持つ男。両親の希望でもあったはず。それが自宅から通報があり、ご両親は重体。その後は残念な結果でした。貴方は何時それを発見したのですか？　通報したのは貴方ですか？」

伊織は無言のまま石のように動かない。

「まだお話しする時期ではないようですね。少し長い付き合いになりそうだ。お近づきの印に差し入れを持ってきました。お部屋に届けていただきます。今日はこれで」

蒼空は立ち上がり、一瞬上から伊織を睨みつけるが直ぐに背を向けて面会室を後にした。

伊織はゆっくり立ち上がり、立会人の所員と面会室を出る。

伊織が収容されている個室に着くと、付き添った所員が施錠を開放する。

伊織は所員に軽く会釈をするとドアを開いて中に入る。そして所員は直ぐにまた施錠を復活させた。

ドアを背に立ち尽くす伊織。その目線の先にはバイオリンケースが。

伊織は不思議そうに、ゆっくりと近づいてそのケースに手をやり開く。

「シャヌールシャンデン」

伊織は左手でバイオリンのネックを握り目の位置程に持ち上げると、そのボディーのツヤ、弦の張り具合を確認するかのようにマジマジと眺める。

ケースの中を見ると、そのバイオリン以外に収納されている物は布のみ。

弓は入っていなかった。

ヘッドを顔の方へ向けると、アゴ当てを右手で撫でるように触る。

そして自分のアゴへ装着。

伊織は目を瞑りその感覚を確かめる。

左手で弦の上を叩いたり滑らせたり、少しのブランクを取り戻すかのように、指のリハビリをしている様。

若干の音を発するが、外には聞こえない。

もしかしたら雑音と云うに等しい音なのかもしれない。

伊織は右手にエアー弓を持ち、一瞬静止したのち演奏を始める。

左手でポジショニングを変更したり、ビブラートを表現したりする摩擦音は発するものの、音楽としては成り立たない。

しかし伊織の中では、素晴らしい曲として奏でられているであろうその様子は、体全体で表現されていた。

享援

―（数日後）―

西京拘置所出入口門。

人の噂は七五日、と云うことわざがあるが、伊織を目当てにする報道陣やファンの人々はすっかりいなくなっていた。

朱音の姿もない。

人は次の事に興味が向くと、過ぎた物には見向きもしなくなる。

今は七五日など必要ない。

そんな生き物。

「高星伊織、差し入れだ」

西京拘置所内、伊織の個室へ外部から差し入れの品が届いた。

既に破かれた形跡があり、中身は所員が確かめた様子の長い袋包。

それを手にして個室の中央付近に腰を下ろすと中身を確認する。

バイオリンの弓。

ゆっくりと右手で握り、袋包から釈放すると、目の前に右手を静止させその姿を眺める伊織。

「それで弾いて良いのよ」

背後から女性の声が聞こえた。

伊織は静かに立ち上がり振り向く。

仕切り越しに西京拘置所の所長、渡辺若菜（四六）がそこにいた。

「この場所は特別で離れのようになっている所。有名人や著名人がココに来るの。そう貴方も有名人だから。少し離れているから、それほど所内に音が漏れたりしない。ああでも外には漏れるかもね。気にしなくて良いわ。たとえ漏れてもBGMとして歓迎するわ、貴方の音色。但し午後の二時から四時の二時間だけね。それを守ってくれれば自由に弾いてちょうだい。私が許すから。楽しみね、どの位ここに居てくれるのか」

若菜は少しニヤけた顔を伊織に送り、云いたい事だけ云って去って行った。

伊織はその様子を目で追いそして目を反らす。

それからバイオリンケースに近づきケースを開くと弓とシャヌールシャンデンを面会させる。

「また会えたね」

朱音は拘置所の周りを壁伝いに歩く。

今日は音楽をしないのか、普段着で小さなバッグを提げているだけ。

その道は小型乗用車が一方方向に走れる程の横幅でコンクリート舗装されている。

小さな川を挟んで田んぼが一面に広がり見晴らしが良い。

何日か出入口の門付近に報道陣と一緒にいたが報道陣もファンもいなくなり、気分的にも切ない感情に支配された朱音。

何をする訳でもない。何かしたい訳でもない。

どうすれば良いのかもわからないまま、時が過ぎ、ただただ伊織の事が気になっていた。

「♬～♪～」

「えっ？」

朱音の耳に曲を奏でる微かな音が入る。

「どっち？」

朱音は左右を見回し、壁に身体を近づけて慎重に歩き始める。

その音が遠くなる感じがすると、逆の方向へとゆっくり進む。

だんだんとその音が大きく耳を刺激し、そしてバイオリンの音と確信を持った。

朱音の足が素早く、地を這うように交互に地面を押し出す。

そして徐々にスピードを落とすと、恐らくココがベストポジションであると決断すると、耳を澄ませて目を閉じる。

「♩～♪～」

朱音の顔が次第に笑顔になっていく。

「伊織さん」

それは久しぶりの耳へのご馳走。

この音色は心も優しくする。

そんな時間がどれだけ過ぎたであろう。

時折目を開けたり閉じたりしている内に朱音を照らしていたやさしく気持ち良い暖かな陽射しは、その時が来たのか少し温度が弱まり、また陽射しの力を緩め、ココに来た時よりも西側に移動していた。

音楽が、バイオリンの音が止まった。

塀に妨げられたその空間は、またその時は、朱音にとってどんな気持ちだったのだろうか。

朱音は塀の上部を見上げた。

そして目を閉じ、下を少し向きながら、その塀に右手で触れ、寄りかかるように右上部の頭を塀に密着させる。

それは電車の中で長い椅子に二人で座っている時、彼氏の肩に目を閉じて頭を乗せて甘えている、そんな時のように。

暫くそんな状態が続いた。

朱音は目を開け、塀から一歩二歩と離れてから、大きく塀に向かって一礼する。

そしてその場を去って行った。

―（テレビ内）―

「本日朝十時より、天才バイオリニストの被告人高星伊織の初公判が開かれます。一般傍聴席二十席に対して大勢の方が列を成しています」

裁判所内のある一室でそれは始まった。

「被告人高星伊織前へ」

裁判長、天野林太郎（五七）が第一声を投じる。

伊織は座っていた弁護人側の席から立ち上がり、証言台に移動する。

スーツとは異なるがそれなりに正装し整髪も行き届いて清潔感が漂っている。

「名前と生年月日を」

「高星伊織・・・」

伊織はそのまま生年月日を云う。

「事件当日、被告人が住む自宅から一一〇番通報があったと記録されている。駆け付けた警察官によって発見され、そのまま城門警察署に重要参考人として勾留される。その後自宅で発見された被告人の同居人である実父、及び実母が緊急搬送され数日後に死去。これは貴方が殺したのですか？」

「・・・・」

「では一一〇番した時、身内を殺しました、来てください、と伝えたのは貴方ですか？」

「・・・」

「承知しました。このまま黙秘を続けると云う事ですね。また本日弁護人席にはどなたもいませんが弁護はご自分でなさるおつもりでしょうか、それとも・・・」

「私が殺しました」

一同に騒めきが起こる。

「それは本当ですか？　裁判で嘘をつく事は偽証罪が適応されますが」

「・・・」

「よろしい。では検察官。始めましょう」

「被告人、高星伊織は事件当日の現場で発見されました。死亡した実父高星章代さん四七歳は腹部に大きく包丁で刺された跡がありました。検視の結果自宅にあった包丁と傷跡が一致します。死因は出血多量によるものと断定しています。また同じく死亡した実母高星咲果さん五二歳は特に大きな外傷は発見されませんでした。ただ末期癌患者で余命宣告をされていたようです。直接の死因は癌による多臓器不全との検視が出ています。以上です」

「検察官として高星伊織を両親殺害の犯人として有罪を主張しますか？」

「いいえ、今の段階では」

「そうですか。では次の法廷まで検察側はっきりとした証拠と結論を用意するように。進展があるまで本件は休廷とします」

天野裁判長、及び裁判官は直ぐに立ち上がりその場を後にする。

その他関係者、及び一般傍聴者はざわつきながら足早にその場を去って行く。

伊織は証言台に一人取り残されたが、裁判関係者二人が伊織の背後から両側の腕を各々握り、誘導しながら一緒に退場する。


「なんでこんな不十分なのに裁判をやる必要があるんだ。なんで起訴した」

「無駄に勾留させない為です。彼を有罪にできる証拠はありません」

裁判所内応接室で伊織の裁判を担当する裁判長、裁判書記官、検察官が話し合いをしていた。

「じゃ証拠不十分で釈放したら」

「真実を知りたいのです」

「真実？」

「初めて自供したんです、さっき。私が殺しましたって」

裁判書記官が不思議に思い意見する。それに意見を付け加える検察官。

「取り調べをしても終始無言だったし手荒い警察の尋問も無関心でした。時だけが過ぎていって。このままでは警察側が何かをでっち上げるかもしれない」

「検察官が被告人の味方ですか」

「何かを感じるんです。何かを隠しているって。彼が殺したとは思えない。それも立証できない今は」

「他の事件を追わなくても良いのか?」

「事実を間違えてはなりません。何が本当なのか。何が嘘なのか」

「そうだね」

協　演

―（SNS投稿）―

『拘置所の中からバイオリンの音が』

『塀が邪魔だけど高星の演奏はスゴい』

『ブラインドでも解る伊織の音』

既に伊織の演奏は話題となり、また少しずつマスメディアと野次馬が集まり始めていた。

朱音は西京拘置所の正面出入口から、横道にそれて塀伝いに足を進める。

時間は午後三時三〇分を回っていた。

進んで行くと、少しずつ伊織のバイオリン音を感じ始め、更に進むとその音が徐々に朱音の耳に刺激を与えていく。

「あっ」

朱音はその場所に小さな群衆を見た。

「だめか〜」

少し遠い位置からしばらく動けない朱音。

するとバイオリンの曲が止まった。

「あれ？　終わった？」

小さな群衆からそんな言葉が漏れた。

「そうだな、もうすぐ四時になるから。投稿どうりだな」

その小さな群衆は雑音を発しながら、左右に散らばり始めその形態は消滅した。

朱音はその残骸もなくなった事を確認してからゆっくりとその場所に近づく。

そしてその塀の直ぐ中にいるであろう位置に立ち止まる朱音。

バイオリンケースは背に。

高校の制服姿で鞄からタオルを取り出し地面にひく。

その上にバイオリンケースと持っていた荷物をやさしく休憩させ直ぐに両膝をタオルに密着させると、ピクニックでもするかのように、鼻歌を口ずさみながら楽しくケースを開く。

朱音のスオノブレデュールが姿を現す。

伊織から褒められて、その手入れを怠らず、愛情を注いだそのボディーは美しい。

左手でネックを持ち、右手でボディーを持つと、ゆっくり両手で持ち上げる。

右手を放し、左手だけで持つと、直ぐにアゴ当てに自分のアゴを乗せて左指を弦にタッチしたり滑らせたりしてリハビリを始め、その間に右手で弓を持つ。

「今日は私のターンです」

朱音は意を決して、最初の音を弾く。

弱く発せられた低音はクレッシェンドしていき、そこにトレモロを追加。

その徐々に強くなる音から、音階を躍らせていく朱音。

その攻撃を確認した伊織はすぐさま反撃にでる。

ニコッと笑顔を見せた伊織は、直ぐに朱音のフレーズに絡み始める。

「だから今日は私のターンだってば」

時に追いかけ、時に追われ、主旋律がサブになり、またハモり。

伊織が強くなれば、朱音は弱くなり、話しかけるようにも大胆にも。

それは戦うと云うよりは激しく絡み合って官能というワードの方がシックリくるかもしれない演奏でもある。エモい。

そしてエンディングを迎える。

「はあ~気持ちいい」

朱音は咄嗟に口から言葉が出ていた。

塀の中から【コンコン】と何かを叩く音が聞こえてきた。

「あっ」

朱音は気づいた。

タオルの上で休憩していたバイオリンケースに弓を持ちながら右手中指と薬指の第二間接とでケースを軽く叩いた。

丁度ノックするように数回ケースを叩いて音を鳴らした。

それは楽器を持っている演者が両手を解放して拍手が出来ない代わりに、何かで音を出す敬意の表れである。

塀の内と外とで素晴らしい協演が実現しお互いを称え合った瞬間だった。

驚演

音成高校音楽部室内から、コンテストに向けての曲を演奏するメンバーの熱が入った音楽が木霊する。

皆の顔は険しい。

そんな暑い季節ではないのに、皆の額から汗が流れ落ちる。

それは暑いのではなく、違う汗。

冷や汗とは違うが、何かこの音楽に違和感を持つのか、自分の演奏が今ひとつシックリこないのか、絡んでくるメンバーの音が合わないのか・・・。

そのどれが違うのかさえもわからない。

「ストップ、ストップ」

リーダー格の博斗が演奏を止め、また皆の演奏にブレーキをかけた。

皆疲れた表情で博斗を見る。

「なんか違う。なんだろう。やっててつまらないんだよね。やっぱ曲かな」

「んん、そうかも知れないな」

「なによ、良い曲だって言ってたじゃない」

作曲した莉子が自分の膝を叩きながら皆に云った。

「いや、良い曲だよ、良い曲。でもこのバンドには合わないのかなって。このメンバーの演奏スタイルには」

「あのカラオケ屋さんで進行考えたの皆じゃん。ほぼメロディーとピアノを加えただけだよコレ」

「そうなんだけど。やっぱ無理だったかな、俺たちのレベルじゃ」

「それって今更だよな」

朱音以外のメンバーがヒートアップした議論をしている中、朱音は冷静にエアーで演奏していた。

「朱音」

自分のエアー演奏に没頭して周りの音が聞こえない様子。

「朱音ってば」

「あっ、はい」

「朱音はどうなのよ。乗れてる？」

「んん、メロディーがバイオリン向きじゃないって云うのか、私のスタイルにも少し違うって云うのか」

「朱音、お前もか」

「ゴメン」

「おいおい、じゃどうすんだ？　あまり時間ないぞコンテストまで」

「俺たちの音成高校音楽部最後のコンテストだからな。納得した状態で挑みたい」

「わかる、わかるよその気持ち。でも曲が良くなくちゃさ。で演奏に気持ちが乗らなきゃダメでしょ」

博斗、颯馬、悠生の会話に同調した莉子と朱音は納得の難しい顔。

「失礼するよ」

部室のドアが開かれ、二人の大人が部室内に入ってきた。

「私は成入警察署の手塚。こちらは警視庁第一課の梶原さん」

手塚は胸から警察手帳をメンバーの方へ提示する。

また梶原は軽く会釈を皆にする。

「そこで先生に確かめたらこの部室にいるって言われて。初音朱音さんはどちらかな」

「はい、私です」

朱音は一瞬戸惑ったが直ぐに左手で持つバイオリンを少しだけ上に上げる仕草で返した。

「ちょっと何したの朱音」

隣で莉子が声を殺して話す。

梶原が朱音の方へ近づく。

部員のメンバーは朱音から離れるようにそれぞれの方向へ後退りする。

「手紙を預かってきた」

「手紙ですか？　誰から」

「高星伊織」

「えっ？」

梶原は左手を後ろにやると、手塚が大きめの封筒を手渡す。

「悪いが中は確認してある。これがどうゆう意味なのかをお聞きしたい」

梶原は朱音に封筒を差し出す。

「ちょっと待ってください」

朱音は手にしているスオノブレデュールをケースに収めにその場を離れる。

その用事を済ませると直ぐに、梶原の所にもどり両手を両腰あたりで拭く素振りを見せると丁重にその封書を手にする。

梶原の手から離れると、既に封が開いている中から、右手を差し入れて中身を取り出す
朱音が手にした物。

「Ｃメロ譜」

朱音はその場で譜面を確認する。

「三連のシャッフル。テンポは？　書いてないと云う事は？」

朱音はメンバーを見渡す。

そのキラキラした目をする朱音に少したじろぐメンバーたち。

直ぐに譜面台にその譜面を置き、またスオノブレデュールを取り出す朱音。

伊織から送られた譜面を前に、そのメロディーを奏で始めると、最初のフレーズから鳥肌がたった。

直ぐに演奏を止めると、その譜面をピアノの譜面台にセットする。

「莉子先輩」

莉子はその譜面の前に座ると、そのコードを弾きだす。

最初は鳴らすだけだったが、次第にシンコペーションを多用した三連のシャッフルリズムを絡めてくる。

それに博斗がドラムで合わせると、颯馬と悠生がベースとギターを装着。

莉子の両隣に陣取り、譜面を見ながら4リズムのオケでイントロに。

朱音は全身にエネルギーが通ってきたと感じた。

またこの4リズムも最高だと。

朱音は少しピアノに寄って遠目からその譜面を見ながら弓を引き始める。

『のってる、ノッテル、乗ってる〜！』

そのグルーヴ感を楽しむ五人。

梶原と手塚はその演奏を聞いていた。

五人メンバーのその楽しそうな顔。

この感覚を忘れかけていたメンバーが味わった事は何よりも大きい。


学校内応接室で、梶原、手塚、朱音と音成高校校長の四人で話をしている。

「封筒の中にはこの譜面しかなかった。何を云いたかったのかな君に？」

手塚が話の先頭を走った。

「君と高星はどんな関係なんだ？」

梶原が話に割って入る。

「どちらを先にお話ししますか？」

「ああ、梶原さんの方から」

手塚は戸惑いながら梶原を指差す。

「初めて会ったのはあの事件より少し前。土手でバイオリンの練習していた所に偶然遭遇しました。その音色と技術に魅了されて」

「何か話したのか？」

「音でしました」

「音で？」

「お互い自己紹介はしませんでした。ただお互いの音で、バイオリンで話しました」

「またそんな・・・」

「いえ、できると思います」

音成高校校長の三藤晴美（五六）は云う。

「どんな嘘も、どんな真実も、その言葉の信頼性よりは音の方がよほど本意が伝わると思います」

「そうですか・・・」

手塚は呆れながら頭をかく。

「じゃその後は？」

「西京拘置所で」

「面会したのか？」

「いえ、塀越しに音で話しました」

「どんな会話をしたのかな」

「言葉ではありません。ただただこの世が平和であるよう、邪悪な心が無くなるよう」

「何云っちゃってんの馬鹿馬鹿しい」

手塚はまた呆れていた。

この二人、まさか学校全体がアホかと。

「じゃあの譜面を送った意味は？」

「私たちに譲ったんだと思います、曲を。おそらく伊織さんたちが出る為に書いた曲だったと思います」

「何に？」

「来月のインストゥルメンタル・バンドコンテストに」

「なるほど。それに出れないからせめて自分の曲を出したいと、なるほど」

「んん、それで音で通じ合った君に自作を託したって訳か」

「でもなんで私がココに居る事がわかったのでしょうか」

「まあそれは捜査上の秘密ってやつだ」

「そうですか」

「君の事件関連性は無いようだな」

「私は共犯に疑われていたのですか？」

「いや、確かめにきただけ。それと譜面を渡しに」

「疑いは晴れましたか？」

「最初から疑ってない。確認だけだから」

「わかりました。お二人にはお願いがあります」

「何でしょうか」


西京拘置所内面会室に、伊織が面会人を待っていた。

ドアが開き、面会人が入ってくる。

「はっ？」

伊織の前に座った朱音は、至近距離で初めて伊織を見た。

「お久しぶりです」

「久しぶり」

面会室内に手塚、梶原も入室。

「割と元気そうで安心しました。最近弾いてないですね。昨日行ったんですよあそこ」

「そう、ごめんね」

「あの時弾いていた曲、完成したのですね。素晴らしい曲です」

「あの曲はもう手放した曲だから。だからもう君らの曲だから」

朱音はニッコリと微笑んで返事した。

「近くで見ても結構イケメンなんですね」

伊織は微笑む。

「僕は言葉で話すのが得意な方じゃない」

「そうでしたね、でも言葉より良いです。でも言葉でも良いです」

伊織はハニカムように微笑む。

「また一緒に絡みたいな」

「コンテスト、頑張りますよ」

「ああ」

　立会人が伊織の背中を叩く。

「じゃ」

　伊織は席を立ち出口へ。

「また会って貰えますか」

　伊織は出口の前で立ち止まり振り向く。

「もちろん」

「待ってます」

　伊織は振り向き返し退場する。

　手塚と梶原が朱音の席に寄る。

「仕掛けるよ」

「はい」

　朱音は席を立ち、二人と共に部屋を後にする。


　伊織は自分の個室に帰ってくる。

　中には袋包が置いてあった。

　伊織はそれを手にすると、それが何かは直ぐに理解できた。

　伊織はその前に正座する。

長さ七五から八〇センチ位。

横幅はそれほど無い。

以前にも送られてきた物。

既に開封済のところから、ゆっくりと右手を中に入れると、ある物を確信する。

その物を握りゆっくりと右手を上に動かすと同時に、左手で持った袋包を下へと移動する。

正座から右片足を縦にすると、両手を開きながら少しずつ右手を右下へ移行し、左手は左上に移行していく。

それは精神統一をしながら、刀をサヤから抜くようなイメージかもしれない。

そんな動作で弓を袋包から解放した。

「はっ？」

弓の毛が黒毛。

触って感触と張具合を確認する。

「これは・・」

伊織はマジマジとその毛を眺めた。

「それで弾いて良いのよ」

伊織の後方、出入口から女性の声が聞こえた。

伊織はゆっくり立ち上がり振り向く。

伊織は弁慶のように仁王立ちする。

そこには拘置所所長の若菜と大きなカメラを構える男がいた。

そのカメラの上にはマイクも装着されている。

「この譜面の曲をその弓で弾いてくれない？　娘が貴方の大ファンでさ。弾いている姿を、録画したいの」

「・・・・」

「この曲でお願い」

若菜は譜面を個室の中に入れる。

伊織はそれを見て目を見開く。

「コピーさせてもらったわ。貴方のオリジナル未発表曲なんてすごく喜ぶと思うのよね。それにちょっとイイ感じの曲っぽいし」

「この毛は・・この弓は・・・」

「私が思うに、貴方はすごく頭が良い。その黒毛も既に判っているはず。もし私がそうだったら、本望だけどな」

伊織はその弓を両手で抱き寄せた。

「鍵を開けて」

「所長、危ないです」

「大丈夫。私も母親だから解るわ」

若菜とビデオマンは個室の中に入る。

これで撮影に邪魔な仕切りは映らない。

伊織はバイオリンケースからシャヌールシャンデンを取り出す。

「スタートして」

ビデオマンは録画ボタンを押しカメラワークを始める。

伊織はいつものウォーミングアップを始めると黒毛の弓を何回か弦に弾かせる。

少し面白い音が発せられる。

若菜はニッコリしながらその光景を見ていた。

「いつでもどうぞ」

目を閉じ鼻から少し多くの酸素を吸い、一瞬止めてから小さく開いた口から息をはく伊織。

「♬～♪～♫～」

その弓で弾く音色は今までになく暖かく滑らかで優しい。

伊織の気持ちも音色に追加され、この瞬間が全てのような感覚である。

『凄い、メロディーだけなのに』

若菜はただただ驚き、心が清くなるような感情を覚えた。

時に早く、力強く、時に遅く、滑らかに変幻自在に自分のシャヌールシャンデンと黒毛の弓を操るその演奏には、何も入り込む余地などない。

若菜は体を左右に振ったり小刻みに動いたり。

自然にそうさせる曲調である。

ビデオマンも若菜と同じように体を動かすが・・・

『パシィ！』

若菜がビデオマンの頭を平手打ち。

咄嗟にビデオマンが若菜を見ると、口を動かし、憤慨している若菜の顔が分かる。

そして演奏が終わった。

『パチパチパチ』

思わず拍手する若菜、ビデオマン、そして個室の外にいる関係者。

「素晴らしいわ、すごい。ワンダフルとしか言いようがない」

伊織は少し興奮していた。

息が少し荒い。

「ごめんね。ちゃんと撮れてなかったり雑音が入っちゃって。申し訳ないけどもうワンテイクお願いできない？　娘の為にさ。貴方のタイミングでいいから」

伊織はチラッと若菜を睨む。

そしてすぐに目を反らすと、また息を大きく吸って口から少しずつ吐き出す。

そして右手の弓がゆっくりと弦に負担をかけながら摩擦を起こしていく。

音成高校音楽部室内から、今後のコンテストに向けての伊織から託された曲を演奏するメンバー五人の音色とリズム。

そこには手塚と梶原の姿もあった。

一旦演奏が終わる。

「オケは良いんじゃない？　なんか達成感があるよ」

「悪くないね。後は本番楽しくグルーヴするだけかな」

「でもさ、朱音」

「はい」

「なんでフルコーラスのメロディー弾かないの？　所々サブだったり、休んだりして」

莉子が疑問を投げかける。

「それは私の方から説明しよう」

梶原が席を立ちメンバーに近寄る。

一瞬の沈黙が走る。それは言葉に現れない時間。

「承知しました、益々楽しみになってきた」

「おいおい、もう一曲の方大丈夫か？」

「じゃやりますか」

手塚と梶原は退出しようと出入口の方へ移動する。

「あれ？　聴いていかないんですか？」

「捜査に関係ないからな」

「えっ？」

「それに俺はＫＴしか聴かないから。ふふふとスカイハイ～」

　手塚と梶原が姿を消した。

暁　延

「こんにちは。今日は素晴らしい晴天に恵まれました。インストゥルメンタル・バンドコンテストは今年で二十五回目を迎えます。この四半世紀の記念イベントへようこそ」

　ここは野外音楽堂。多くの観客と関係者がコンテストの開催を待つ。

「いや～緊張するな」

「わかってるって、しゃべるなよ」

　颯馬と悠生が控室で緊張のあまり正気ではなくなっている様子。

「人の字を手の平に三回書いて飲むと良いらしいって聞くよね」

「そうね、なんでも試してみるか」

　二人はそれを実践してみた。

「あ～、四人のんじゃったよ～」

「し～、静かに」

莉子は冷静に控室で座っていた。

「あと三組・・」

博斗が出演スケジュールを確認した。

朱音はスオノブレデュールをアゴに装着して、左手のリハビリで指をほぐす。

手塚と梶原が控室に姿を現す。

「大丈夫か」

「バッチリですよ」

「そうには見えんが、あの二人」

「・・・バッチリですよ」

「そちらはいかがですか?」

朱音が段取りを確認する。

「バッチリさ。運営関係者にも話してある」

「ありがとうございます」

「がんばれよ。ところでバンド名なに?」

「暁延(あけのぶ)と書いてキョウエン」


西京拘置所内所長室。

部屋の奥側にある横長のデスクに足を放り投げて座る若菜。

部屋の中央には応接セットがあり、中央の小さなテーブルを挟んで二―三人座れるソファーがある。

そのテーブルの上にはウィスキーとグラスセットも。

『コンコン』

「入って」

「お連れしました」

「待ってたわよ」

若菜はデスクを離れ部屋中央のソファー付近へと移動する。

所員に連れられて伊織が入室した。

所員は伊織を置き去りにすると、部屋に入らずドアを閉めた。

「遅かったのね。もうとっくに始まっているわよ」

そしてその部屋には五二インチのテレビも存在した。

そこに映し出されているのはインストゥルメンタル・バンドコンテストのライブ。

「プロミュージシャンも出るからアマチュアにはちょっと不利よね」

伊織はドア付近でその映像を立ちながら見ている。

「何そんな所で立ってるの。こっちへ座って見て」

若菜はソファーに腰かける。

伊織はブリキのオモチャが動くようにぎこちない動作でソファーに足を運んだ。

しかしその目はしっかりとテレビに向いている。

テレビからコンテスト出場バンドの演奏が聞こえる。

部屋の奥側のソファーでテレビを鑑賞する若菜。

その反対側で対面するソファーに軽く若菜へ会釈して腰かける伊織。

二人は食い入るようにテレビ画面を見ていた。

「最近のバンドは皆レベルが高いわね。私たちと比べたら天と地の差がある」

若菜は既にグラスに入っているウィスキーを口にする。

「飲みたかったら勝手にやって」

伊織は反応しない。

「さて次の出場バンドは音成高校音楽部。今回メンバーの大半が卒業を迎え、音楽部の廃部が決まっている様です。そのラストバンドドライブ」

コンテストＭＣが朱音たちを紹介する。

「いよいよね」

伊織は不思議そうに若菜を見る。

若菜はテレビに向いている。

伊織は直ぐにテレビの方に顔をやる。

「こんにちは。キョウエン（暁延）です。私たちの曲、聞いてください」

朱音がバイオリン用のマイクを使ってＭＣする。

朱音は博斗に向かって合図を送る。

博斗のカウントが始まる。

最初は博斗のハイハットのビートに合わせて悠生のギターアルペジオから始まる。

ハイハットがクレッシェンドすると・・

「ワン・ツー・スリー・フォー」

博斗は精一杯掛け声を発すると次の拍頭で4リズムが一斉にイントロに突入した。

ギターはアルペジオからカッティングをキープし、颯馬のベースは博斗のキックに指で合わすと、莉子のピアノはオンビートと拍裏を強調するようなブロックコード。

Jポップスともフュージョンともとれるような爽やか系メジャー曲。

通常ライブで終盤の方に持ってくるようなアレグレットより若干早い程度の軽快サウンド。

そして朱音が第一音をロングトーンで放つと、トレモロをすぐさま投入。

伊織はニッコリと笑いながら目を輝かせていた。

その様子を見る若菜。

軽快なサウンドにメンバー全員も楽しんでいる様子。

楽屋で手が震えていた颯馬と悠生は見事にその役目を果たしていた。

『みんな凄い』

舞台上で朱音が。

テレビを見ながら伊織が。

二人はそう思っていた。

会場からは手拍子が沸く。

メンバーは嬉しそうに身体全体で、その演奏で答える。

五分程度の曲はエンディングを迎え、颯馬と悠生が博斗の方を向いてフィニッシュのタイミングを覗う。

そして決めた。

『ウォー』

大きな声援と共に大きな拍手も会場全体を包み込んだ。

メンバーは嬉しかった。楽しかった。

思い思いの感謝を方々に送った。

テレビ越しに伊織は拍手を送った。

「凄いじゃない。これがアマチュアなんて。バックは少し荒いけどリードは訴えるものがあるわね」

伊織は小刻みに数回頷く。

「次の二曲目で時間ですが、是非、私たちが協演したい人がいます」

ステージバックのカーテンが開かれてスクリーンが露わになる。

朱音以外のメンバーはイヤフォンを装着。

「その方は今日このステージにはいません。でもその演奏はライブでなくてもすごく、すごく素晴らしいです。聴いてください。キョウエン、フィーチャリング伊織」

伊織は目を見開き、口を開き息を吸い込んで固まる。

スクリーンに伊織が映しだされた。

それは先日若菜がビデオマンを連れてきて録画した映像。

スクリーンからカウントが発せられる。

博斗のハイハットが小刻みに揺れる。

悠生のギターがアルペジオを奏でる。

それは一曲目と同じ様な入り方だが、三連のシャッフルビート。

速度もモデラートからアレグレットにかけてか、それ程早くは無いがシャッフルの分だけ乗り方が違う。

朱音が無造作に参加する。

これはイントロなのか？

スクリーンでは伊織が目を瞑り、鼻から少し多くの酸素を吸い、一瞬止めてから小さく開いた口から息をはく。

バンドの音が一瞬止まる。ほんの一瞬の静寂が登場した次の瞬間、音のファーストインパクトがその存在を抹殺した。

最初のリードバイオリンはユニゾン。

それから伊織のリードで朱音はサブで絡める。

弾いては止め、休んでは弾く、叩く、弾く、そしてまた走る。

ここは私のターンよ、と云っているのか弦の上を華麗に滑る朱音の弓。

曲自体は軽く乗れるようなリズムだが、会場は静まりかえり、ただただその演奏に耳を傾け、ステージ上の六人を見ていた。

伊織の演奏は録画ながら、違和感がまったくない。

朱音と伊織の掛け合いフレーズでは、爆発でも起こったような大歓声と拍手。

直ぐに止んでまた演奏を楽しむ観衆。

メンバーは黙々と演奏を続けるが、一曲目とは違い曲に入り込んでいた。

そしてエンディングを迎える。

また一瞬の静寂が会場を覆うが、その次の瞬間に大観衆と大きな拍手。

「キョウエン、フィーチャリング伊織」

コンテストＭＣがコールする。

メンバーは深く大きく頭を下げる。

満面の笑みで手を振って答える。

「イオリ、イオリ！」

会場から伊織コールも発せられる。

伊織は涙を流しながらテレビを見た。

「どう、話す気になった？　本当のこと」

若菜が伊織に仕掛ける。

音成高校音楽部のメンバーはその声援に応えながらステージを去っていった。

伊織はまだ鑑賞を止める気になっていない様子。

「そっ。じゃもう少し付き合うか」

若菜はまたウィスキーを口にする。


全ての演奏が終わりコンテスト受賞者の発表を待つばかりとなった。

「所長さん」

伊織は若菜に話しかけた。

「なあに？」

「刑事さんに会わせていただけますか」

「そっ。じゃ手配するわ。発表見なくていいの？」

伊織は首を横に数回振った。

「そっ」

若菜はテレビの電源を切った。

二人は立ち上がり部屋を後にする。

そして伊織が収容されている個室の前に着く。

若菜は施錠を開放しドアを開くと伊織はその中へ入って行く。

その後若菜は施錠する。

伊織はバイオリンケースに手をやると、シャヌールシャンデンを中から取り出す。

そして黒毛の弓を右手にすると、アゴにボディーをセットする。

いつもの癖なのか、左指を動かし弦を叩いたり、滑らせたり。

そして黒毛を弦の少し上にやると、目を閉じ鼻から大きく酸素を吸い込んで一瞬止めると、黒毛が弦に纏わりついた。

そして流れる伊織の音色。

伊織は身体全体でその曲を表現する。

それは伊織から勝手に出てくるフレーズでまったく新しい旋律だった。

一度手放した曲は弾かないのか？

それとも朱音に負けを告げられて、悔しさのあまり弾く気にならないのか。

素晴らしい演奏と気迫。

そんな事を考えているのか、伊織の奏でる曲を鑑賞する若菜。

教縁

「残念だったな」

「まあ良いじゃない。楽しめたし」

「ほんと気持ち良かったよ」

「あんなに熱狂してくれるなんて感激」

音成高校音楽部の４リズムメンバーが楽屋で帰り仕度をしていた。

朱音は何も発せず支度をする。

「ご苦労だったな、凄くよかったぞ」

警視庁の梶原が激励する。

成入警察署刑事の手塚も一緒。

【ありがとうございます】

メンバー五人は二人に頭を下げる。

「高星が俺たちに会いたいと云ってきた」

「えっ？　じゃ」

「まあ、そうだろうな。本当の事をしゃべる気になったんだろう」

「こっちの方も準備は出来てジャストタイミングってことでしょ」

「わかったんですか？」

朱音が梶原に尋ねる。

「拘置所の所長が協力してくれたよ。彼女も子供がいるから」

「で？」

朱音はその先が早く知りたい。

他のメンバーも気になる。

「云い方は悪いが伊織はマザコンだった。あの演奏映像のバイオリンの弓、黒かったろ」

「はい。黒い馬の物かなって思って。あまり見ないですけどね」

「あれは母親の髪の毛だ」

一同絶句。

「家から出てきた。母親が癌に侵されて抗がん剤治療をして少ししたら、自慢の長い髪が全て抜け落ちた。腰程迄に長い髪が。母親本人も辛かったと思うが、伊織はその辛さを察していた」

「えっ？　何ですか？」

楽屋では他の出演者たちがコンテスト終了後の解放感で騒いでいて、話が聞こえてこない。

「外でるか」

梶原は皆を外へ誘導する。

メンバーは各々楽器や自分の荷物を持って楽屋を後にする。

梶原、手塚、音楽部メンバーは観客席に移動した。

既に観客席に観客は疎ら。

残りわずかな観客も会場を後にする所。

「どこからだっけ・・」

梶原が切り出す。

「伊織さんはマザコンで、バイオリンの弓はお母さんの髪の毛」

「家から大事そうに保管してある箱が見つかって。その中から」

「高星伊織がそれを保管していたと。ちょっとイメージ変わったな」

悠生がそう云うと他のメンバーも納得したように頷く。

「拘置所の所長に相談して特注で弓をつくった。そして演奏させた」

「心が動いた」

「そう。で極めつけが今日だ。君らの演奏に背中を押されたって事じゃないかな」

「いや～それほどでも」

颯馬が嬉しそうに照れる。

「ほっとけ」

莉子が一喝。

「誰がご両親を」

「母親が父親を刺した。刺傷は浅かったが刺された父親が自ら奥に刺した」

一同絶句。

「母親が癌に侵された頃と時を同じくして、父親の勤めていた会社が経営不振を理由に人員整理をした。父親もその中に」

一同沈黙。

「家のローンや借金、妻の治療費、子供の大学資金、退職一時金では賄えない程の出費。慣れない工事現場の警備を昼夜問わずやり、環境の違いからうつ状態だったと証言が取れた」

「母親が犯人ってことですか？」

「事実上はそうゆう事になる」

「それを伊織さんは知っていた」

「丁度前日に学校の寮から実家に帰っていて数日間過ごす予定だったらしい。その日は用事を済ませて帰宅する途中、母からスマホに連絡が入った。父親が暴れて伊織のバイオリンを壊すところだったようだ。病気で力がない母親は脅すつもりで包丁を手にしたと。少しだけ。本当に洋服に刺さっただけかもしれないが、父親はそうしたと云う事だ」

「なんで分かったんですか？」

「母親のスマホで通話録音されていた。母親が緊急発信して伊織と繋がってて。帰宅した伊織は母親が父親を殺した事にはしたくなかった。通報したのは伊織本人。既に母親はその興奮で意識不明だったようだ。スマホの通話記録は伊織によって消去されていたが、スマホの会社で記録されていた。ようやくたどりついたよ」

　メンバー一同顔を見合わせて笑顔を見せた。

「伊織さんはどうなるんですか？」

「黙秘権の行使は良いとして、犯人隠避罪と公務執行偽証罪は適応されるだろう」

「それって重い罪ですか？」

「裁判長の采配によるが、まあ一年位かな」

「そうですか」

「まあ事が上手くいけば、その位で釈放されるって事だから。起こってしまった事は変えられないから」

朱音は首を縦に振った。

「じゃ」

梶原と手塚は拘置所に向かった。

音楽部メンバーは二人に頭を下げた。

「ちょっと良いかな」

背後から声を掛けられるメンバー。

ほぼ一斉に声がする方を振り向く。

「私はこうゆう者です」

青年と云うにはもう遅いが中年と云うにはまだ早いかもしれないラフな格好をした男性が一人、名刺を差し出す。

それを手にした莉子と隣でそれを見た博斗。

【えーーーー】

「各音社音楽プロデューサー」叫ぶ二人。

「大曲実嶺です」（四一）

実嶺（ミレイ）が軽く頭を下げると、メンバー五人は深々と頭を下げる。

「素晴らしい演奏と素晴らしい曲でした。特に高星君をフィーチャーした曲は」

【ありがとうございます】

メンバー一同再度頭を下げる。

「今度、社に来ていただけますか？　それで詳しいお話をしたいと思いますが？」

メンバー五人はそれぞれ顔を見合わせてニッコリと微笑む。

【宜しくお願いします】

一斉に気持ちを伝えるメンバー五人。

「じゃ連絡待ってます」

実嶺は皆に軽く手を上げて挨拶し、その場を去って行った。

【やった〜】

一斉に喜ぶメンバー五人。

その喜びをそれぞれかみ締め、言葉を交わしながら会場を後にした。

きょうえん

「ほぼほぼ我々の推理と同じ供述がとれました。所長には感謝しています」

拘置所内所長室にて、若菜、手塚、梶原の三人がそこに居た。

「後で面会室での記録を頂戴できますか？　高星伊織の自供として提出します」

「承知しました、用意しておきます」

手塚、梶原は若菜にソファーに座りながら頭を下げる。

「しかし良く思いつきましたね、録画した演奏とバンドを共演させるなんて」

「あのコンテストは今年で二十五回目。その第一回目に私も出場した」

「音楽やってらしたんですか」

「あの頃は真剣に音楽で身を立てようとしていたの。でもメンバーが直前で交通事故にあって」

手塚、梶原は沈黙。

「ツインギターでね。その一方が私。でも彼には技術的にも劣っていたから、その穴を埋められるはずがない。懸命に二人分のリードをやったけど散々だった」

「それであれを」

「今なら故人とだって協演できる・・・羨ましい」

若菜は涙を浮かべていた。

「ひょっとして・・」

「彼とは同棲してた。交通事故を起こした加害者は飲酒運転だった。でも証拠不十分で起訴されなかった。私も理不尽な取り調べをうけた。だから。私ができる事をしようと思った。そして今の私がある」

手塚、梶原は無言。

「これは後で聞いた話。高星伊織の両親は今年結婚二十五周年を祝うはずだった。二人の目の前で自作を演奏する用意をしていた。大好きな両親に感謝を込めて」

手塚、梶原は言葉がでない。

「仲がとっても良い夫婦だったらしいよ。五歳年上の奥さんだけど、平均寿命は女性の方が高いから、ちょうど死ぬ時は同じ頃だね、って、云っていたらしい」

手塚、梶原は下を向く。

「社会って残酷ね。生きるって大変。でっ？　裁判はあるの？」

「形の上では起訴中ですが、検察側も我々も、また当事者も自供内容に納得しています。略式で、微罪で終わらすでしょう」

「そう」

「お世話になりました」

手塚、梶原は立ち上がり深々と若菜に対して頭を下げた。

『♪～♫～♬～』

午後三時過ぎ、拘置所からバイオリンの音色が優しく聞こえてくる。

ゆったりとした曲が大きな波を揺り籠のように、激しくなく交互に、また回るように流れる様。

それはアルコールに慣れていない人がお酒を呑み、それに負けて頭が、頭の中が揺れているような感覚かも知れない。

黒毛の弓で、身体全体を使ってその曲を表現する伊織。

その出で立ちは、豪華ではないがシックな服装で正装と云える。

その立ち姿と云い、整髪もされ、そのままステージで演奏してもおかしくはない。

「高星伊織。そろそろだぞ」

伊織は演奏している曲を直ぐにエンディングに修正し、リトルダンドしながら最後の音をロングにしてフェードアウト。

伊織は両手を勢いよく下へ下ろすが、しっかりとバイオリンと弓は握られている。

またそこから勢いよく尻もちをつく。

下を向き暫く動かない伊織。

暫くするとゆっくり小刻みに両肩が揺れ始める。

その揺れが段々と大きくなる。

「はっはっはっは」

顔を天井に上げ大きく笑い声を上げる。

その声を聞いて所員が施錠を解除して中に入る。

「どうした！」

伊織は笑うのを止める。

「すいません、思い出し笑いです」

「じゃ行くぞ。早く支度しろ」

伊織は軽く会釈すると両手にしている物をケースに収める。

私物が入ったバックを持ち、靴を履いてその個室を出た。

所員が前を先導する後を伊織がそれについて行く顔は、今までの伊織の顔とは異なり異様にニヤケていた。


「ありがとうございます」

某大手ＣＤショップ。

朱音がＣＤを手にする人々の列の先に、特設のデスクを構えて応対していた。

コンテスト後にスカウトされ、大手音楽会社との契約を経てシングルＣＤの発売イベントとして参加した。

あのコンテストで伊織が創作した曲をレコーディングした作品。

しかしそこには朱音しかいない。

その他は関係者のみ。

『暁延ＮＥＯＤＵＯ』

契約したのは朱音と伊織だけだった。

オケはコンピュータープログラムで作られた。

伊織は拘置所を出て暫くは謹慎中の身。

「ありがとうございます、ありがとうございます」

朱音は次々と列を成すファンに一生懸命握手と感謝を伝える。

「朱音～」

「ああ、莉子先輩」

そこに高校卒業後、暫く会っていなかった音成高校音楽部時代のピアノ担当莉子が現れた。

「ああ、良かった、会いたかったです」

「凄い人だね。おめでとう」

「ありがとうございます」

「頑張ってね」

「はい」

莉子は軽く両手を広げてハグを求める。

右手には裸のＣＤ。

朱音は嬉しそうに両手を大きく広げて莉子にハグをする。

「はっ?」

朱音の腹部に何か違和感を覚える。

莉子は朱音の耳元で囁いた。

「何、調子こいてんだよ」

朱音の顔が急変する。

「しばくぞワレ」

朱音が恐炎に包まれる。

◆
◆
◆

コンビニエンスストアーから水のペットボトルを片手に出てくる大樹。

歩きながらその水を口にする。

暫く歩くとショッピングモールに行きついた。

地上五階建てでそれなりに横幅がある。

駐車場も含めると広大な敷地面積。

屋上には大きなバルーンが数個あり、昔ながらの小さな遊園施設があるようだ。

出入口に近づくと中には入らず、建物沿いを歩いて回る大樹。

歩きながらウィンドウ越しに中を見てみると、いろいろな店舗の商品や装飾品、また外に向かって手を振る子供等、その光景には飽きがこない。

暫く歩くと駐輪場に多くの自転車、オートバイが駐車されていた。

「んっ？」

あるオートバイが気になった大樹。

暫くそれを眺める。そしてその隣のオートバイも。

口をとがらせて周囲を見渡すと、近くの出入口から建物の中に入る。

直ぐにエレベーターを見つけ「↑」のボタンを押してからその場で待つ。

ふと上部を見上げると「５」の表示から「４」「３」と降りてくるのが見える。

「わ〜」

突然叫びながら小さな子供が三人、大樹の後方から走って来ると、エレベーター扉と大樹とのわずかなスペースに立つ。

大樹は少し後退りしながら、その空間を広げて余裕を持った。

子供たちは扉の前スレスレに立ち「自分が最初に乗るんだ」と云う意思表示があるように、その扉中央の場所を子供同士セッツキながら争っていた。

そんな光景を後ろで眺める大樹の顔が自然と綻んでいる。

「危ないから下がっててよ」

その子供たちの親御さんなのか、一人の女性が子供たちに注意を促す。

『ピーン』

我先にとエレベーターに乗り込もうとする子供たちは、中から出てくる人たちとぶつかり合いながら中へと入る。

その後で大樹とその親御さんであろう人たちがゆっくりとエレベーターの中に入ると、子供たちが「R」ボタンを押そうとして背伸びをして、また手を指を精一杯伸ばして争っていた。

大樹はニッコリと笑って、両手で一度に三人の子供を抱き上げると、歓声を上げて喜ぶ子供たち。

そして「R」ボタンを子供たち三人ほぼ同時に押す。

「押せたね」

『ありがとう～』と子供たち。

「ありがとうございました」と親御さん?。

「いえいえ」と大樹。

大樹はゆっくりと子供たちを下に降ろすと、またゆっくりとその扉が閉まる。

屋上についたエレベーターの扉が開くと、一斉に子供たちが外に走り出て行った。

それから親御さんであろう人たちと大樹は軽く会釈をして各々別の方向へと歩いて行く。

屋上特有の雑音とその雰囲気。

風や通気口、遊園器具や出店の機械が作動する音、皆の話声、鳥の羽ばたく音等、様々な音が入り交じって、ひとつひとつを特定できないような、できるような、微妙な感じである。

しかしそれはそれで一種特別な空間として訪れる人々を楽しませる。

子供たちや女性のグループ、老カップルに学生服のカップル。

なにかこの空間だけは現実とは異なる、レトロ感が漂って一種の聖域の様。

その中に混じって音楽を演奏する微かな音が聞こえてくると、大樹はその方向へと足を運ぶ。

徐々に大きくなるその音楽は、何か摑みどころがない不思議な音楽である。

またその先にステージのようなスペースがあり、そこに四人の演奏者が見えてきた。

ドラム、ベース、ギターとアップライトピアノのカルテット。

ドラムは小刻みにハットを刻み、バスドラムとスネアは不規則。

ベースはバスドラムとリンクする事なくコードの音階を行ったり来たり。

ギターとピアノは交互にソロを弾くが、圧倒的にピアノが主体となってギターはカッティングがメイン。

一人一人としては皆それなりの技術を持っているのかもしれないが、バンドとなるとまとまりがなく、互いを殺し合っているかの様。

聞いていて決して気持ち良い音楽ではないのが直感的な感想である。

それは本人たちも感じているような演奏だが、その枠を容易に脱出できないでいるもどかしさがあるのか。

ステージ観客席にはその音楽を無視するかのように、ただそこへ休みに来ているようにも見える。

そしてその音楽が終演を迎えた。

拍手も何も反応がない。

演奏者たちは小さく一礼をしてステージを下りて行く。

その姿にやり遂げた感は一切無い。

虚しさなのか、悔しさなのか。音楽を追求する難しさなのか。

その足取りに生気も感じられない。

「正直、拍手を送れる音楽じゃないな」

「お前に何がわかる」

大樹が先に話を振ると、リーダー格のドラム戸波博斗が反発した。

「おい、あのリュック」

ベースの東家颯馬がギターの仁藤悠生に話かける。

「ああ、わかっちゃいました？」

「なにが」

大樹の問いにピアノの新座莉子が不機嫌そうに反応した。

「莉子、あいつの青いリュック」

莉子は大樹の背負っているリュックに目を向けると顔の表情が一変した。

「なんでリュックを盗んだの？」

大樹のゆっくりとした口調は相手の核心をつくかのように刺さっていた。

「・・・」

「なんでリュックを盗んだのに、何も取らなかったの？」

「・・・」

「警察行く？」

「・・何を証拠に・・・」

颯馬が裏返った声で絞り出すように言葉を放つと莉子が手を挙げて静止する。

「悪いとは思ってる。衝動的にちょっとむしゃくしゃしてて、何か、何かスカッとする事ないかと思って。で目に入って・・」

「スカッとするって難しいよね。でもどうかな～人の物に手を出すって事は」

「・・・」

「君たちはスカッとするかも知れないけど、相手はどうかな」

「うるせいよ」

「君たちはあのコンテストに出ていたバンドでしょ？」

「知ってるの？」

「裏方でバイトしてたから」

「そう・・」

「良かったよ、あの時の演奏。でも今日は最低。云っちゃ悪いけどさ、あのリードが居ないとダメなの？」

バンドの四人は「あちゃ〜」と云ったような仕草と表情で、ボクサーからパンチを貰ったようにダメージを受けた。

「辛いのは分かるよ。あの二人でCDデビューしちゃったし、皆はこんな感じでしょ」

大樹の言葉に何も云い返せないバンドメンバーたち。

「今日はもう演奏しないの？」

「ああ、あと一回ある」

「そうですか。俺が警察に云わない代わりにお願いがありますが聞いてくれますか？」

「・・・・」

「もっとメンバーを好きになりませんか？　もっとメンバーの演奏を信頼しませんか？もっと音楽を楽しみませんか？」

「・・・・」

「なんかつまらないいんですよね。音楽って一つの曲なのに皆さんの演奏は一曲に聞こえない。だから、良い曲、聴かせてくださいよ」

なんだこいつ、と感じたのか。

四人は唖然として大樹を見つめ、それからメンバー個々を見渡す。

「あの席で余裕ぶっこいてる奴らを見返してやりましょう」

「お前、変な奴だな」

「やろうか？」

「おう」

「じゃ3連シャッフルから8ビートで」

顔を見合わせ頷いた四人は、ステージへと上って行く。

ついさっきまで死んでいた魂がまた燃えるように、その足取りはその先へと繋がって行った。

相変わらずステージには興味がないそこに居座る観客数名。

しかし四人はそれに関係なく、自分たちの演奏をスタートさせた。

博斗が3連のシャッフルでバスドラとハットを刻みキープすると、颯馬がそのバスドラとリンクして時折チョッパーで弦をはじく。

悠生がリズムに合わせてカッティングをミュートで刻むと、莉子がロングトーンのコードで全体を包み、時折オブリガートでアクセントいれて全体を締める。

「なんだ、やればできるじゃん」

大樹はその演奏を聞いてニッコリと笑みを浮かべた。

関心がなかった観客がその演奏に耳を傾け始めた。何かが違う、そう感じたのかもしれない。

どうだろう。何かオブラートで包んだ自分をさらけ出せなくて、でも本当はさらけ出したかったのに出来なかった、そんな自分が居座っていなかっただろうか？

Ａメロ、Ｂメロがピアノリードで進んだ後、一瞬の溜めが入り休符で空間を作った次の瞬間、８ビートにリズムが交代して明るめの装飾を纏ったリードギターが曲全体を引っ張って行く。

観客は既にその演奏に聴き入っていた。

そしてその演奏が耳に入った周辺にいた者たちがステージ観客席に現れ始め、数える程しかいなかった観客は、かろうじて数えられる位に。演奏する側もそれを聴く側も皆笑顔でグルーヴするステキな瞬間。

「楽しそう」

大樹はその場所を後にした。


その屋上を四方八方見渡しながら端から端まで歩いて確認する大樹。

「ここじゃないのか」

上着からメモ紙の束を取り出しページをめくる。

その手を止めると右手で胸元からボールペンを取り出して、メモの地図に記してある「●」印を上から「Ｘ」印をかぶせて記載した。

ボールペンを元のサヤへ戻しメモをもう一枚めくると、また「●」印が記された地図が出現する。

その地図を念入りに眺める大樹だった。

第3章　ビヨンド

イントロダクション

今日も都心では、慌しく、足早に厳しい顔つきで急ぎ交差する人々。

波がうなるように流れ、また小うるさく走る車の群れは鬱陶しくも感じる。

何かに追われ、何かに怯えているような内側の本心を殺して、今その瞬間を偽りながら何かを追い続けている。

そこはメインストリート。誰もが、その中心に居たいと我を奮い立たせ、自分の幸せを求め生きる。

しかし、その幸せとは何か?

多くの人は、それを見つけられないでいるのだろう。

自分に無いものを欲しがり、自分と比べて勝っているものに憧れ、自分本来に向き合おうとはしない。

いや向き合うのを恐れている。

何かを追い求めることで己の本心を隠しながら。

そんな人がどこにでも存在する今の世の中。それがマジョリティー。

そしてどこかにカテゴライズされる生き物は、どこかに分類される事でそこが自分の居場所と勘違いする。

男と女。子供と大人。金持ちと貧乏人。天才と凡人。そんな当たり前の事もどんな環境であれ、何かの枠に、はめられる。

しかしそれはそれで、幸せな時代と云うべきであろうか。

何かの欲求、それを自分で選択できる事は恵まれていると云えるのであろう。

追う側と追われる側。選ぶ側と選ばれる側、貴方はどちらですか？　それは望んでそちら側になりましたか？

その一　不整合

都心にて

多くの人の渦に、赤い大きいリュックサックを背負う女性が、行き交う周りの人とは違う顔つきでメインストリートを歩く。

歩調も周りと比べて明らかに遅い。

ビジネスやこの地を好んで訪れたとは異なる様相。

どことなく、表情が寂しい。

宮脇美咲（二三）。

熊沢宅

メインストリートを脇道にそれると、そこには閑静な住宅街がある。

やや登り坂の上に、大きな屋敷が一軒。

周りの家と比べると、敷地面積は十軒程あり、遠くから見てもその存在感は重い。

夜になると門からライトアップされ、ひと際幻想的な雰囲気となるこの建物は、国会議員、熊沢紘一（五三）の自宅。

玄関扉から直ぐに広いリビングがある。

そこには一〇〇インチ程の大きなテレビがあり、大きなソファーで寛ぐ、紘一とその長男、海生（二一）の姿。

紘一は葉巻をくわえながら、直ぐ横に置いてあるブランデーを口にする。

顔を右やや上斜めに傾けると、その先には掛け時計があり、時折時間を確認しては軽くため息をつく紘一。

海生はソファーで横になりながら、テレビの番組を高笑いしながら見ている。

そのリビングを奥へ行くと、ダイニングルーム。

その中心には程良い大きさのテーブルが一体感を生む。

こぢんまりとしているものの、決して狭くはない。

またそれといってゆったりもしていない適度な空間と云える。

椅子とテーブルとの間隔も程良く、召使もサービスがし易い尺のよう。

そのテーブルにお皿、グラス、カトラリー等をセットするのは、召使として住込みで働く仲野圭太（二三）。

その一つ一つをシックな照明にあてながら、汚れが無いかを確認し、トーションで軽く拭く。

その奥には台所があるが、スイングドアで仕切られ、台所と云うよりはレストランの調理場、キッチンと云うに等しい。

そこでは今日のディナーの用意が進んでいた。

調理人として住込みで働く美咲は、真剣な表情で料理と向き合っている。

その横には先輩料理人、溝口義郎（三五）が厳しい眼差しで美咲と作業過程途中の料理を見ている。

「どうかな」

美咲に話かけるもう一人の召使。長老と呼ぶに近いであろう風貌とその存在感。

「予定通りの時間でいけます」

長老召使は軽く頷き背を向けると、スイングドアを開き、紘一と海生が寛ぐリビングへ。

「お食事の用意を始めさせていただきます。どうぞ、ダイニングルームへ」

「おお、楽しみ～」

海生はニコニコしながらダイニングルームへ急ぐ。

紘一は葉巻を灰皿に押し付け、火を消しその場を後にする。

ブランデーグラスはその場に置いてきぼりにされた。

海生は自分の席であろう、席に着く。

「もう少し待ってくれ」

紘一はそう云うと自分の席に座る。

「え～」不満そうな海生。

『ピンポーン』

「おお、ジャストだな」

長老召使が玄関口へ急ぐ。

紘一は年に似合わずソワソワし始めると
長老召使が一人の女性と共に、ダイニングルームに現れる。

紘一はそれを確認すると、安堵したような表情を見せた。

「紹介しよう。柿原朱里さん」

朱里（三七）は軽く会釈すると、先に手荷物をテーブルに置く。上着を脱ぎはじめ、長老召使がそれを背後から援助する。

「柿原朱里です。よろしく海生さん」

海生は朱里のその声とセクシーさに目が泳ぎだす。

「今日はディナーに招待した。三人で頂こうと思ってな」

「別に二人でも。あ〜」

海生は、突然この状況に気づいたように大きな奇声を上げる。

「そうゆうことね」

「そうゆうこと」

「これ、メインの時に一緒に」

朱里はテーブル上の荷物の中から赤ワインを取りだす。

朱里は長老召使にワインを渡すと、長老召使が赤ん坊を抱くかのようにワインをやさしく両手で包み込み、紘一と海生の方へワインのエチケットを見せる。

どちらかと云えば、真新しくない、それ程汚くもない程度のエチケットの色合い。

紘一はそれをみて何度か頷いた。

そのエチケットには紘一の誕生年が刻んであった。


「もうすぐ始まるぞ」

調理場では、圭太が美咲に声をかける。

美咲は冷蔵庫からアミューズグールを三皿取り出しデシャップ台へセットする。

デシャップ台越しに、その料理を確認する義郎。

美咲は予備のアミューズグールを差し出し、義郎はそれを受け取ると、大きな口を開け、それを一口で食すと大きく頷く。

美咲にニッコリと笑顔を送ると、左手で親指を突き出し【グッド】のポーズ、サムズアップを送った。

安堵して笑みを浮かべる美咲。


圭太は左手にひと皿。義郎がふた皿左手に、美咲の作ったアミューズグールを持ってダイニングルームへ現れる。

紘一、朱里は既に着席して、長老召使が抜栓したシャンパンを口にしていた。

義郎がまず朱里の前にアミューズグールをサービスする。

「わ～」

朱里はその料理を目にして小さく声を上げる。

圭太は海生に。その次に義郎が紘一に。

「本日のアミューズグール【スプーン一杯の幸せ】でございます。蟹、いくら、ウニとハーブをコンソメゼリーで固めまして、テーブルスプーンに盛りつけた一品です。どうぞひと口でお召し上がりください」

「贅沢な一品ね」

朱里は大きな口を開けて一口でいく。

紘一、海生はそれを見て、一瞬たじろぐが、負けじと一口で口の中へ閉じ込める。

「おいしい。なんか繊細ね。女性っぽい」

「ありがとうございます。今日の料理は美咲がシェフとして、女性の観点からも料理に更にバリエーションを加えた美咲フュージョンです。これからの新しいご家族の為にも、共に精進させていただきます」

「ありがとう。楽しみだわ」

「溝口君。よろしくね」

義郎はそれ程大きくないコック帽が落ちないように、軽く会釈程度に頭を下げ、調理場へと消えていく。

圭太は朱里の料理が無くなった皿に手をやる。

「失礼いたします」

「ありがと」

圭太は朱里の色気に気を取られ、皿を上げた次の瞬間、テーブルスプーンが皿からこぼれ落ちた。

「あっ」

そのスプーンは朱里の前で跳ねる。

それは角度が良いのか、悪かったのか、踊るように何回もテーブルの上で跳ねた。

朱里は跳ねた瞬間を狙って、右手を横から掃うように勢いよくスプーン目掛けて動かすとそれを見事にキャッチした。

「はい」

朱里は圭太にスプーンを差し出す。

「申し訳ございません、奥様」

長老召使が朱里におしぼりを手渡す。

「ありがと」

朱里はおしぼりで手を拭く。

「奥様って呼ばれちゃった」

朱里は紘一に向かって笑みを送ると、今紘一を見る大部分の人が【エロおやじ】と感じるであろう笑みを浮かべる。

海生もその一人であるようにその光景を見て呆れた。

長老召使はそのやり取りに口元が綻ぶ。


その後、美咲の料理が次々に運ばれ、また朱里が持参したワインも堪能した三人。

空になった赤ワインのエチケットを、紘一の方向へ向けて置く長老召使。

紘一はそのエチケットを確認することもなかった。

朱里は長老召使に『やれやれ』と云うような仕草を見せる。

長老召使は軽く会釈で返した。

「あ〜美味しかったわ。ミシュランに匹敵する位ね」

「呼んできて」

紘一は長老召使に云う。

長老召使はスイングドア越しに調理場に向けて声を掛けると少しして、義郎、美咲が姿を現す。

「美咲君、良かったよ。これからも溝口君とよろしく頼む」

「ありがとうございました」

美咲は大きく頭を下げた。コック帽は被っていなかったが、あったとしてもそうしたであろうと思う程、勢いよく九〇度以上の角度で腰を折りたたんだ。

顔は膝の目の前まで達していたであろうか。認められる嬉しさは格別である。選ぶ側と選ばれる側。

その夜遅く、家中の灯はほとんど消えていたが、調理場の一部だけが灯っていた。

美咲は今日提供した料理を、もう一度再現し『リフレクション』していた。

それらの料理を盛りつけて、目を見開き視覚で興奮し、鼻の穴を広げ嗅覚で落ち着き、そして味覚で感動する。

ゆっくりと味わう。

時折目を閉じ、頭を傾げ、頷き、口をアヒルにしたり、上唇を鼻につけたり。

納得はしているものの、もうひとつインパクトがほしい。

そんな事を考えているのだろうか。

その時、突然スイングドアが開いた。

「こんな遅くまで何やってるの？　それとも今から食事なの？」

「海生様、すいません」

美咲は頭を下げて、九〇度以上腰を折りたたむ。コック帽はなく、髪の毛を後ろで結び、コックコートに触れないようにまとめているいつもの美咲スタイル。

「いいんだよ」

海生はデシャップ台の境から、調理場の内側に入り、美咲に近づく。

そして海生は、料理台に並べられた数皿の一品に手をやり、指でソースをすくってその指を自分で舐める。

「このソース、イケるよね」

海生は突然、美咲の腰に手をやり、力ずくで抱き寄せる。

美咲は驚き、ハッとする。

「うう・・」

「今日はせっかくシェフデビューしたんだ。お祝いしなくちゃ」

「手を放してください」

美咲は驚き、ハッとする。

海生が力ずくで抱き寄せられた下半身に徐々に膨らんで大きくなる物を感じる。

「いや、ヤメテください」

「一緒にデビューしようか」

海生は美咲の顔に自分の顔を近づける。

美咲は海生の口を左手で塞いだ。

「イヤ〜」

海生はその手を舐め、そして笑みを浮かべる。

『パシッ！』

美咲は右手で海生の頬を平手打ち。

「いいねえ。嫌いじゃないよ。ここは君の聖域だろ。その聖域を僕の精液でデコレするなんて。なんかワクワクするね」

海生の力が強くて、抜け出せない。

海生の顔がまた近づいてくる。

美咲は左ひじで、海生の首あたりをガードするが、止まらない。

右手を、何かを探すように調理台の上を動かす美咲。

バタバタしていた右手は何かに触れた。

その右手はそれを確認したように、目的の方向へ移動する。

そしてそこに収納されていた包丁を手にして、勢いよく引き出した。

都心にて

メインストリート歩道の真ん中で立ち止まる美咲。

顔をゆっくりと上に。

光り輝く太陽が眩しい。

その横を足早に通りすぎる人々。

美咲は大きく息を吸い、一気に顔を下に向けると、その息を吐いた。

正面を向き直すその表情は力強い。

勢いよく前に進む美咲。


多くの人の渦に、青い大きいリュックサックを背負う男性が、周りの人とは違う顔つきでメインストリートを歩く。

歩調はどこか重々しい。

何かを思い込んだような表情は、どことなく寂しそう。

和泉大樹（二三）。

某所ビジネスビル

メインストリートの中心には、大きく高いビルが立ち並ぶ。

各ビル内には、多くの企業があり、多くの関係者が出入りする。

一階のビル出入口を入ると、正面にはビル内の情報源、インフォメーションデスクがあり、数名の女性スタッフが配置されている。

ここにも女性の職業と位置付く、一つのカテゴリーが存在する。

セキュリティーの観点から、ビルの関係者は個人パスを与えられ、関係者以外の訪問者はインフォメーションデスクにて臨時パスを発行される。

パスが無ければインフォメーションデスク横の通過、その奥のエレベーターにも乗車できなければ、目的とする企業へも到底たどり着けない。

更に、非常階段は非常時にしか開放されない為、機械に頼る他ない。

インフォメーションデスクの近くでは数名の男性セキュリティーが周囲を覗う。

カテゴライズ。

デスク横にある通過扉が、五レーン中三レーン点検と修理で利用できない。

出勤時間には、多くの関係者がその通過扉に集中する。

「おい、何今頃やってんだよ！　遅刻しちゃうだろ。夜中にやれよ！」

通過扉で二レーンしか稼働していない所に列をなす関係者たち。

出勤時間間近で皆イラダチを隠せない。

「ったく！」

通過扉を通過した一人の若い男性が、その横でしゃがみながら作業をしていた大樹の頭を、ヘルメット越しに小突いた。

後ろから小突かれ、視界を遮断されたヘルメットを右手で上げ、立ち上がろうとする大樹。

「やめろ」

大樹の服を引っ張り、追走を遮断する先輩作業員。

大樹は先輩作業員に軽く会釈をし、作業に戻る。

「なんだよ、エレベーターもかよ！」

少し遠くの方から、さっきの若い男性の声が響き渡る。

その横で聞いていた女性が、声を荒げた男性に何かを伝える。

大樹はその光景を眺めていた。

さっきの若い男性は、その女性に軽く会釈をして、謝っているかのように見えた。

大樹は軽く笑みを浮かべた。

「何やってんだ」

「あ、はい、すいません」

大樹は作業に戻った。内心、その女性に好意を抱いた自分を悟っていた。

昼頃。ビルとビルの間にある空間。

そこにはこの時刻、数台のキッチンカーが停車し、ビジネスマン・ビジネスウーマンの為に昼食を販売している。

弁当形式の車、注文してから調理してくれる車、和食・中華・洋食、それぞれの色が、自分らの個性・バラエティー豊かな食事を考案し皆を惹きつけている。

選択肢が多いと迷う。

まして知らないメニューから一つを選ぼうとするとまず選べない。

消去法。集合体。選択枠。今の自分に何かを当てはめて決める他ない。

選ぶ側と選ばれる側。これもその戦い。


その空間は広々としていて、天井は吹き抜け陽射しが入ってくる。

解放感が良い。

パスが無くても利用できる場所で様々な人たちが訪れるが、作業服の大樹は少々浮いた雰囲気。

大樹はどちらかというと端の方に、やや隠れ気味に、その一角に座って購入した弁当を食べていた。がっつり形のメニュー。

ふと目を前にやると、朝方エレベーターで文句を言っていた若い男性に、物申した女性がビルから現れた。

どちらかというと中央部分に位置する、何脚かあるパラソル付のテーブルの椅子に着席する。

持っていたバックの中から、女性らしい可愛い動物の絵柄の布袋に包まれた物を取り出し、そのテーブルに置く。

巾着らしき、その布袋上部の紐をほどくと、丸い薄ピンク色の二段弁当箱が登場する。

大樹はその光景を、少し口が空いたまま眺めていた。自分が食事するのも忘れて。

『うつくしい』

キャリアウーマン、そのフレーズがピッタリの様相と気品ある風貌。

アクセサリーは控えめだし、それほど化粧も濃くない。

奥園未来（二七）。

大樹にとっては、理想の女性上司タイプなのだろうか。

それとも別の意味での好ましい女性なのだろうか。

布袋から、箸を箸箱から取り出すと、両手でその箸を親指と人差し指で挟んで、手を合わせる。

『いただきます』

そんな声が聞こえたかのようだ。

弁当箱の蓋を開く。

『きれいな人が食事をする姿は芸術だ』

大樹はもっと女性が見えるところが無いかと移動を始める。

弁当箱をもったまま横歩きで。

それはまるでストーカーのような不審な行動に見える。

そして時折ニヤける。ストーカー決定。

「お前のような奴がいるから、犯罪が無くならないんだよ」

大樹の背後から聞こえる尖った言葉。

大樹はゆっくりと振り返る。

『ドン！』

突然未来の視界に、死角から不意に飛び出し倒れる男性の姿が目に入った。

若い男性は倒れている大樹の胸ぐらをつかみ、そのままゆっくりと立たせ、未来の方向へ向かす。

「この男が、食事中の乙女の姿を盗み見していたけど」

奥園真申（二五）。

未来は驚いて立ち上がった。

「おい、セキュリティー！」

真申が大声を上げると、近くにいた制服姿のセキュリティーが走ってくる。

更に別角度からも一人駈け寄る。

真申は、大樹を二人のセキュリティーに渡す。

「俺が何をした」

「ええ？　何をしたか判らないの？　見られている側が不快感を感じたら、それは立派な犯罪なんだよ」

大樹は真申を睨みつける。

「姉さん、この男知ってる？」

「知らない」

未来は首を振って否定した。

『姉さん？』

「食事するのを見られていたけど、どう？」

「どうって、良い気持ちはしないわね」

「そりゃそうでしょ。アンタはどう？　自分が食事している所を、赤の他人に見られたい？　どうせ欲情してたんでしょ。姉さんを見て。まあ、それなりだけど、本性みたら幻滅するよ」

「なによそれ！」

大樹はセキュリティーに拘束されたままで話を聞いていた。

『確かにそうかもしれない。ただただ自分の欲求の為に見ていただけだ』

不意に突き飛ばされた男が、先ほどの男と確認して腹が立ったが、云われた事が納得できて云い返せない。

「程度が低いんだよ。姉さんに相手をしてほしかったら、自分を上げなきゃ。釣り合わないから貴様じゃ」

大樹は歯を食いしばっていた。

「とりあえず、出て行ってよ。で、もう二度と現れないでね、バイバイ」

真申は未来の所に近寄る。

未来は弁当箱を片づけて、バックの中へ納めた。

未来は一瞬、大樹の方を見たがすぐにソッポを向くその態度は軽蔑しているかの様に。

二人はビルの中に消えて行く。

大樹は身体を揺らしてセキュリティーの縛りを振りほどく。

「もう大丈夫だから」

「悪いことは云わない。直ぐにここから出て行った方が良い。あの二人はビルオーナーの子供でな、後継ぎなんだよ」

若くはないが、年寄と云うにはまだ早いような、一人のセキュリティーが大樹に助言する。

「生まれながらにして金には困ってない。俺らとは住む世界が違う人種なんだ。それに弟の方は気性が荒いし、直ぐに手が出るが、傷害事件になった事は一度もない。姉弟で弁護士を目指しているから、法律には詳しいし、その抜け道も知っている。そうしてこのビルも守っているしね。どうにもならなくなっても、親の金で解決できるし」

『生まれつきの異なる人種。そんな事、知ってるよ』

その異なる境遇は差別ではない。

今を恨む訳ではないが、それを消化できないでいた。

大樹は力なくその場を後にする。

二人のセキュリティーはそれを見て、大樹とは異なる方向、更に別々の方へと散って行ったその姿もどことなく寂しげ。


少し歩いたその先は袋小路で、小さなステージがあった。

そのステージでは、小さな女の子がバレーを踊っている。

年の頃は小学校低学年ぐらいか。

普段着だが、靴はバレーシューズ。

ステージから数段下は、陸続きの観客スペースがあり、母親らしき女性がその姿を見守っている。

それを気に留める者もいれば、何事も無いように通り過ぎる者もいる。

周りのことなど気にせず、女の子は一心不乱に踊り続ける。

それを見ている女性も、両手を胸の前に組んで、祈るように食い入るように見る。

大樹はその二人の様子を見て、感じるものがあった。

『期待する者とされる者、か』

踊りが止まり、右手を大きく挙げ、その手を振り下ろすと同時に、女の子は大きくお辞儀をした。

女性は満面の笑みを浮かべて拍手する。

女性の後ろからも拍手がおきる。

決して大勢ではない事がわかるが、それはその子、その親にとってとても嬉しいことだった。

女性は後ろを振り返り、拍手をしてくれた方々に頭を数回軽く下げた。

その後女性はステージに上がり、女の子を抱きしめると、その女の子は満足そうな満面の笑みがその場を明るくした。

『俺にはできない事か』

大樹は肩を落とし、薄ら笑いを浮かべながら、その場を去って行く。


大樹は多くの企業オフィスが混在する高層階で、エレベーターの点検作業をしている。

そこには多くの関係者が、エレベーターの前を横切って行く。

そのまま通り過ぎる者、何か独り言を云う者、文句を云う者、様々である。

「なーに、ここも点検中？」

「ちょっと階段で行く階数じゃないし、荷物もあるし」

「すいません、あちらに別のエレベーターがありますのでご案内します」

「知ってるわよ、そんな事」

オフィスレディ二人と先輩作業員の会話を聞きながら作業をする大樹は、そのやり取りが無性に腹が立っていた。

大樹は立ち上がり、その場を去って行くオフィスレディに向かおうとするが。

「やめろ」

先輩作業員が大樹の腕を掴み制止させると大樹は先輩作業員を睨む。

「やめとけ」

「先輩。俺たちは何の為にこれをやるんですか？　人に文句を言われる為ですか」

「少し作業する時間を検討してもらうかな。会社に掛け合ってみるか。まあ深夜作業は良いけど、委託料、割増になるから」

大樹は黙って下を向き、唇をかむ。

「普通に動いている物は普通じゃない。こうして誰かがその安全性を確認して初めてみんなが利用できるもの。これは必要不可欠なことなんです。なんて、そんな事云えないし、そんな事考えないよな」

「なんか、寂しいですね」

「そうか？　皆が良いなら、それで良いんじゃないか」

「多数派ですか。そうやって少数派はいつも切り捨てられる。それで良い訳なんてない」

「まあ、そうムキになるな」

通路の奥から、二人の男性が話しながら歩いてくるのを大樹は確認した。

大樹の所から、さほど遠くないドアの前に立って、比較的老人に近い男性がドアノブに手をかける。

奥園昭三（六〇）。このビルを所有する会社奥園カンパニー（ＯＺＣ）のオーナー。

その隣には長男の奥園平静（三〇）。

昭三はゆっくりとドアノブを回す。

「パン、パン、パーン」

ドアが内側から外側に開き、部屋の中からクラッカーが何個も音を鳴らす。

昭三は驚いて後退りすると平静はそれを制止するかのように、後ろから昭三を抑える。

「還暦、おめでとー」

部屋の中から轟く多数の声。

そして真申、未来が身体半分、大樹から見える位置に現れ、昭三を抱きかかえるように、背中をやさしく押して部屋の中へと誘導する。

大樹はその光景を、目を大きくして見ていた。

昭三、未来、平静が部屋の中に、大樹の視界から消えた後、真申が最後にドアノブに手をやり部屋の中へ入ろうとした時、横目で大樹に気づく。

真申が大樹に向かって正面を向く。

大樹が真申と遠目で向き合い、暫くその状態が続いた。

『ハッ？』大樹が何かに気づく。

真申は声を出さず、口を動かして、何かの言葉を放った。

大樹の表情が変化し、興奮気味に真申の方へダッシュする。

先輩作業員が腕を摑んで制止しようとするが、大樹の勢いが勝り真中との距離を縮めていく。

真中は笑みを浮かべ、ゆっくりと部屋の中へフレームアウトしていくようにドアノブを握る手だけが目立つと、ゆっくりとドアが閉まる。

間一髪、ドアが閉まるのが早かった。

大樹はそこへ立ちつくし、ドアノブに手をやって、回そうとする。

「ハッピバースデー（^^♪・・・）」

誕生日の歌が中から聞こえる。

それは数十人もいるかのように、その歌声は重なり合っていた。

数フレーズをそのまま聞いて、落ち着きを取り戻す大樹はドアノブから手を放す。

「還暦おめでとうございまーす」

大きな拍手が中から響く。

大樹はその場を離れ、作業しているエレベーターに戻っていく。

先輩作業員は何も云わず、その後大樹と点検作業を続けた。

埠頭付近

既に日が落ちて久しい。

オフィス街の照明は消え、外灯だけが人通りの無い歩道を照らす。

既に新しい日を迎えていた。

昼とは異なる寂しい歩道を、下を向きながら一人歩く大樹の姿。

それ程寒くは感じないが、吐く息は少し白い。

突然足を止めて立ち尽くす。下を向いたままで。

歩き疲れた訳でもない、寒いからではない、空腹な訳でもない。複雑な感情が大樹の中で絡み合っていた。

その横から美咲が姿を現し、大樹の直ぐとなりに立ち止まる。

大樹は美咲の方を見ないが、それを感じ取っていた。

そして二人は同じ方向へ歩き始めた。

「久しぶりだね。元気してた？」

「まあ、元気は元気だったけど、なんかな。わかってるけど、なんかな。やっぱ現実なんだなってさ」

「孤児だってこと？」

「んん、ちょっと違うけど、それも関係するのかな」

「そうね、わかってるけど理解出来ない、ってことじゃない？　だって出来ないもん。だから理解しなくて良いんじゃないかな」

「そうだけど、なんか悲しくなってさ」

「私らは生まれてからずっとそうだし、これはこの先も変わらないからさ。受け入れるしかないし、考えても無駄じゃない」

「凄いな。少し会わない内に強くなったな。俺なんか最近、凄く気になる。なんか仕事していた人とか、何かと関わった人とか、皆両親がいる。親がいる。それが普通。そう、皆親の事とか話をする。なんだかんだウザくても、どんな悪口云ったたって、やっぱり親が居て良かったよなって、皆思ってる」

大樹の感情は熱く流れるものを生む。

「なんか最近、そう思う」

「そうだね。私たちは普通じゃないって事だね」

「・・・・」

「良いじゃん、普通じゃなくて。普通ってなに？　何を普通って云うの？　私たちは知らないだけ。親はいるから。だから生まれたから」

大樹は美咲の方を眺めながら歩く。そしてまた前を、下を見ながら歩く。

「美咲は自分の親の事どう思う」

「どうって？」

「何故自分を捨てたのか、知りたくない？」

「知ってどうするの？」

美咲は足を止めて大樹に攻め寄る。

「美咲は恨んでないの？」

「大樹はこの先どうしたいの？」

「えっ？　スルーかよ」

「そうじゃなくて」

二人はまた歩きだす。

「会える可能性があるのは良いよな」

「えっ？」

「会いたいなら探す。会って文句を言う。殴ったり蹴ったりもして。謝ってほしい？」

「・・わかんない」

「そりゃそうだよ。わかんない。それが私たちの普通」

その後、二人の会話は止まった。


スマートフォンで今の位置を確認する美咲。

「この辺かな」

埠頭についた二人。

辺りは外灯も少なく、店のような場所も灯がない為、何があるのか確認するのも容易ではない。

「ここ、シーバスの待合室みたいだな」

標識を確認して、灯が消えた中を覗いてみる大樹。

「こんな夜中に、なんで呼び出したのかな。それもこのタイミングで」

「このタイミングだからじゃない？」

「まあ、そうかもしれないけど急なんだよ」

「もう直ぐ時間ね」

遠くの方から、懐中電灯らしき小さな灯が地面に見え、徐々に近づいてくるのを確認した美咲。

灯は無造作に位置を変えて、時折一瞬見えなくなったりもしていた。

人か何かの動く物体に固定された懐中電灯が、歩くことによって振り回され、地面を照らしているのか。

「は？」

美咲はその灯が二つにも三つにも増えた気がした。

「どうした」

「あっち」

大樹もその灯が近づく光景に気づく。

暗くて確認はできないが、人間が懐中電灯と一緒に歩いてくると感じた二人。

こちらに近づくにつれ、人だと確認ができた。

あと数歩ですれ違う。

「えっ？」

灯が消え、風が二人の頬をかすめていくとその時、微かな匂いを感じた美咲。

甘くもなく、酸っぱくもなく、臭くもなく、重くもない。

二人は後ろを振り返る。

また灯が、懐中電灯の灯が地面を無造作に照らし、遠ざかっていく。

美咲と大樹は顔を見合わせる。

「うわ～」

二人はその場を、埠頭から逃げ出すように目標の地から離れて行った。

『ドン！』

美咲は何かにぶつかって尻もちをつく。

「ああ、痛った～」

「美咲、大丈夫か？」

その声は美咲がぶつかった何かから発せられた。

「いや～」怯える美咲。

「私だよ、私」

「えっ」

夜空の月の灯が何かを照らした。

「おやじ」

「元気だったか、美咲」

美咲はその何かが探し者だった事を確認し安堵した。

奥野秀雄（七六）。美咲、大樹の育った孤児院時代の代表、通称おやじ。

高齢ながら大きく丈夫な身体つきが印象的だ。

秀雄は美咲の右手首を握ると、それほど力を入れる事もなく美咲を立たせた。

「時間通りだったな」

「うん。でもどうしてこんなところで」

「んん、ちょっと複雑だから移動しながら話そうか」

「こんな時間に？　船なんて・・・」

美咲は後ろの方から、灯を感じた。

美咲は不思議そうに後ろを振り返る。

「え〜？」

さっきは暗くて確認できなかった所が、夜の営業をしているかのように点灯されていた。

シーバスの待合室にも灯があり、その中から人が出てきて、一点の方向へ並ぶように歩いて行く姿があった。

美咲はその歩いていく方向に目をやると、ライトアップされたカッコイイ客船が、錨をおろして泊まっている。

甲板から上下三階程度のボリュームがあるであろうクルーズ船とも云えるつくり。

また長さはどうか？

先から先まで懸命に走ったら、かなり疲れるぐらいの距離であろう。

列を成す人たちは、その船に乗車する為陸と船を繋ぐ階段を上って行く。

「こんな時間にこんな多くの人が・・」

「美咲」

振り返った後、更に後方から聞き覚えのある声が聞こえてきた。

「あ〜圭太」

美咲と圭太は互いに距離を縮めると、その間隔が一〇センチ程で立ち止まり、お互い正面を見ながら見つめ合う。

その後方からは義郎の姿が。

「良かった、二人とも一緒」

五人共それぞれが、それぞれの時を旅した後の再会で、自然と皆笑顔になった。

「さあ、乗り込むか」

秀雄の掛け声で、皆客船の方向へ歩いて行く。その姿は何かを期待するように気持ちも姿勢も前向きになっていた。

乗船する人々の後方へ並び、前の人たちに付いて行くように歩く五人。

「乗船券は?」

五人の一番目と二番目に並んでいる秀雄と美咲。美咲がそれを尋ねる。

「皆に伝えてくれ。乗船する時に確認するチェッカーがいるから、その人に親指を見せるようにと。親指の爪を見せて、と」

「え〜ああ、うん、わかった」

美咲は不思議そうに、自分の親指を突き出し、サムズアップした状態で爪を見た。

「爪、伸びてるな」

美咲は後ろを振り向いて、三番目に並んでいた大樹にその事を伝えた。

後ろ向きと云うよりは、やや横歩きに近い状態でスマートフォンを見て、ながら歩きのように前方を確認せず説明し、前との間隔が広がっては気づき、その伝達を終えると前を追っていく。列の乱れとはそうして起こると云う見本のようだ。

そんな光景がその後ろ、またその後ろと続く。

しかしその前後の人々は、そんな事は特に気にする様子もなく、ただただその流れにそって歩いていた。温厚な人たちで助かった五人衆。

最後に伝達された義郎は、少し申し訳なさそうな気持ちで、後ろに並んでいる人に顔を向けて軽く会釈をする。

そのされた人は何事も無いように無表情で、その流れを保っていた。

段々と歩き近づく乗船の時。

階段を上ると船の出入口で、何かを確認する人が、乗船する一人一人の手をチェックしていた。

それは瞬時に行われ、そこへ立ち止まると云うよりは、アイドルのハイタッチ会のように止まらずその列は流れて行く。

秀雄の番がきた。

秀雄は左手でグーをつくり、親指の爪側を差し出した。

美咲はそれをマジマジと見ている。

何故かそのチェッカーは秀雄の手をマジマジと見ると、流れていた人の行列が止まった。

そのチェッカーは左手で秀雄の手を上から覆うように触り、秀雄の手をゆっくりと裏返す。

右手で秀雄の握られた四本の指を触り、手の平を見せるようにほぐすと、パーの形になった秀雄の手のひらにチェッカーの右手が重なる。チェッカーは秀雄の顔を見て小さく頷いた。

それは中年、初老というにはまだ早いような。しかしそれでいて見た目は人間だがよくよく見るとその独特の体つきと云い顔の個々のパーツと云い、何か人間離れしているようにも見える。

制服のような服装で、帽子を被っていて海の男、という感じである。

秀雄は軽く笑みを浮かべた。

チェッカーは右手で誘導すると、秀雄は船へと入って行った。

その時、美咲の後方から何かが右の頬を通過したように風が吹き抜ける。

その風はそれほど強くなく、囁く風、そんなイメージを感じた。

それは秀雄の横をも通り過ぎたように、秀雄の右顔の髪の毛が少し揺れた。

「はっ、この匂い」

不思議な感覚だった。

その時チェッカーが美咲を見る。


義郎は行列が止まり、自分の足も前に進まなくなって後ろが少し気になりだす。

義郎はゆっくりと後ろを振り返ると、そこで待つ人はいない。

「あれ？　消えた？」

美咲の後ろを待っていた三人にも、その囁く風が通り過ぎる。

美咲はその風に押されるように前へ、チェッカーの所に押し出された様だった。

『この風の匂い、この人の匂い、一緒だ』

美咲は左手親指の爪側を見せた。

チェッカーは右手で『行って宜しい』と感じられるような仕草を美咲にする。

美咲は軽く会釈をして船に乗り込んだ。

『これだけ？　おやじの時と違う』

船に入り込んだ美咲は、他の三人を待っていた。

次々に船に入る大樹、圭太、義郎。

船入口の扉がゆっくりと閉まって行くとそれと同時に船が動き始めた。

完全に扉が閉まった後、船はゆっくりと体勢を横に向けて埠頭を離れていく。

船の錨はどこかに行ってしまったようだった。

「あれだけの人は何処に行ったんだ？」

扉付近から離れて、船の奥へと進む皆。

船内の照明は明るく、周囲が容易に見渡せる。

テーブルと椅子が無造作に散らばっていて、床の掃除をするのか、またそれが終わったのか。

ある場所は集合し、ある場所には積み重なっている。

上にはそれほど大きくない見事なシャンデリア。

奥にはステージ。

グランドピアノ、ドラムセット、ギターのアンプ類、譜面台が見える。

ダイニングルームなのか、反対方向にはスイング扉、パントリースペースがある。

「豪華な船内だな」

「こんな客船、初めてだ」

「でも少し散らかっているような」

「おやじはどこかな」

「おい、こっちだこっち」

秀雄は無造作に置かれている椅子に座って、皆を待っていた。

手を振って居場所を伝えると四人は秀雄の近くの椅子に各々腰をおろした。

「人がいなくなったけど」

「この上の階には皆の部屋がある」

「そうなんだ、皆直ぐにチェックインしたのか。急に消えてビックリしたよ」

「ねえおやじ。私たちにも部屋があるの？」

「お前たちには無い」

「なんだ、じゃここで夜明かしか」

「そうだな。な〜に、夜明けには目的地近くまで行けるし。まあ仮眠ぐらいとっておいても良いかな」

「ていうか、俺たち何処にいくのさ」

「そう、荷物をまとめて埠頭まで来いって、時間も指定で」

「皆のその時が来た。だから呼んだんだ」

「それが今日なの？」

「そう。それが今日。あの時間だった」

「そう」

「これから、あのホテルへ行くんだ」

秀雄が指さしたその先に、額縁に入った写真が飾ってある。

その大きい額縁の八割位の写真で、均等に余白があり、テープか何かで固定されているようだ。

ホテルの前に集合し、何かの記念写真を残したようなその一枚。

ホテルスタッフと客が一緒に撮影したと思われるその写真。フルカラーではないがセピアカラーとも違う。

満面の笑みを浮かべる者。楽しそうに手を振る瞬間が納められた者。

少し悲しげな顔をする者。明らかに面白くなく、ソッポを向いた者。

いろいろな表情や感情がその一枚には収められていた。

「おやじ、このホテル名はなに？」

「ホテルの名前はない」

「え、無いの？」

「呼び名はあるが、一般的に広げられた場所でもホテルでもない。それを許された者だけがこの地を訪れ、少しの間だけ過ごし、皆旅立って行く」

「許された人って？　金持ちのこと？」

「どうかな。行けばわかるよ。皆は今まで経験してきたそれぞれの道を、あのホテルで発揮してほしい」

「ホテルの呼び名って？」

「ホテル・サンドレ」

それから秀雄は、ホテルの事を少しだけ話した後、初めて美咲たちと会った時の事や一緒に過ごしてきた事、怒った時の事、一緒に泣いた事、一人一人と秀雄が創った孤児院での生活を思い出してはそれを話した。

疲れたのか、船に揺れて気持ちが良いのか、大樹と圭太は長ソファーで横になり、眠りに落ちた。

美咲もあくびをして、テーブルに手をつき、顔をうずめて目を閉じた。

それでも秀雄は話を続ける。

美咲、大樹、圭太よりも前に出会った義郎もまた、秀雄の孤児院で育った。

義郎も横になる形を、複数の椅子でつくり己の身を預ける。

「ごめん、おやじ」

義郎もまた眠りにつく。

秀雄はそれを確認すると席を立ち、ある方向へと歩き出す。

照明のスイッチに手をやると、そのダイニングルームが月の光で明るく見える程に調整する。秀雄は四人の姿を見て一人一人との思い出がフラッシュバックしていた。

「いろいろあって楽しかったな」

秀雄はそこから姿を消す。

秀雄は甲板に出た。

寒くは無いが、それほど暖かくもない。

甲板の手すりに肘をつけると自分の両手の手のヒラが見えるように向けて、マジマジと眺める秀雄。

そして両手を共に強く握りしめ大きくため息をする。

下を向いたり、前を向いたり、波を切り裂く海を眺めたり。そんな状態が暫く続くと、甲板を船が走る前方方向へ歩き出す。

少し行くと上へ上る階段を見つけ、秀雄はゆっくりとその階段を上る。

入れ替わるように、甲板に出てきた美咲は、ゆっくりと手すりの方へ歩く。

手すりを握り、恐る恐る頭を前にやると引きずり込まれそうな海がその先に確認できる。

勢い良く、海を切り裂くように進む船。

どんな気持ちを乗せて走るのか。

『パン！』

「？？」

美咲は何かの音を感じた。

それは近くではない。

かすかではないが小さくディレイのように少し重なりあって聞こえた。

「この匂い」

急に眩い閃光が遠くの方から放たれた。

美咲はその方向に目を向ける。

「ああーー」

遠くの方に見える閃光、それはまるで地上から放たれる花火の様。

遠くの方は暗くて確認できないが、よくよく見ると島の崖から放たれている様子。

丸い花火が四方八方へ飛び散るのではなく、扇子を広げたように水平よりも上の方向へゆっくりと放たれる光たち。

その後、その中心付近から勢いよく上がるひとつの光。

その光が先に放たれた光たちの先端に行きつくと、ゆっくりだった先の光が、後に放たれた光と共に一緒のスピードでレーザービームのように勢いよく上昇していく。

その様子を美咲は驚きながら見ていた。

船は段々とその場所へ近づいて行く。

島の崖がハッキリと見えだした。

『パン！』

美咲が確認できた二回目の扇花火。

一回目に見た光より、はるかに多い光の数が扇型、手を広げた指の様にゆっくりと上がっていく様を、美咲は甲板の手すりを凄い力で握りながら見ていた。

一回目と同様に、暫くして島の崖から勢いよくひとつの光が上がる。

今度は最初の光が前よりも多い分、共に上がる光たちが光線の様に眩い。

「うわー凄いな」

「美しい」

甲板の上の階からそんな声が聞こえた。

「いつの間に」

上の階の賑やかな声が、またノイズのように聞こえてくる。

また微かにその様子が見える。

「ええ？」

美咲から上の階の甲板では、プライベートパーティーが開催されているかのように男女は皆正装している。

配置されたテーブル上には豪華な食事とシャンパンの様な飲み物。

人々はグラス片手に、また軽く食べ物をつまみながらその光景に目をやる。

またカップルで抱き合いながら、プールサイドのソファーに女性同士で座りながら島から放たれる光の祭典を眺めていた。

声を出して声援を送る者。拍手をしてその光に答えるもの。

同じなのは、その光景に興奮しながらもリラックスしきっていること。それは何一つストレスを感じていないように、もう何かを成し遂げたように清々しさが漂っていた。

美咲はふと階段の方へ目をやると、上の階から秀雄が降りてきた。

「おやじ」

下の階の甲板に降りると、美咲を発見する秀雄。

「んん。ねえ、凄くない？　花火みたいだけどちょっと違うし、あんなの見た事ない。おやじは知ってたの？」

「起きたのかい」

「知ってたよ」

「何あれ？」

『パン！』

「うわ〜、また来た！」

秀雄は真剣な眼差しで眺めていた。

「ああ、今度は光が少ない。ジャンケンのパーみたい」

秀雄は笑みを浮かべながら小さく頷く。

「おやじ、上の階行ってたでしょ。誰か知り合いとかいるの？　なんで正装してるの？」

「一種のお祝いなんだよ。また敬意を表するというか、みっともない服装だと申し訳ないというか」

「？？？」

「あの島には、これから行くホテルがある。これからそこで、お前たちは生活するんだ。今までの経験を存分に発揮しながら、そして皆成長してほしい。ホテルに訪れる人々はお前たちを必要としている」

美咲は質問した答えがちゃんと返ってこない事を少し不思議に思いながら、これからの生活に期待していた。

その反面、期待していた事に裏切られてきた過去。自分は期待していいのか？

ただいつの時でも秀雄と施設の仲間だけは味方でいてくれた。

そして秀雄の場所で出会った大樹、圭太も、共に成長してきた。

しかしこれからは、同じ場所で、秀雄、大樹、圭太、そして先輩料理人の義郎とも一緒にいられる。ワクワクせずにはいられない、美咲だった。

『パン！』

「今日はこれが最後だな」

辺りが少しずつ明るくなってきた。

陽の光で島の崖がはっきりと見えだす。

その左側に目線をそらすと、船内に飾ってあった写真の、あのホテルの姿が目に入った。

「ステキ、んっ？」

風に乗って扇花火の方向から、あの匂いが美咲の鼻を突っついた。

「これ、灰だ。灰の匂い」

「・・・・」

「最後の花火、風向きがこっちで強かったから判った。灰の匂い、灰の匂い・・・・」

「そうか」

「えっ？」

美咲が何かに気づいた。そして目に涙が生まれてくる。

その現実に反応した美咲の感情。

それは、これから生活する地が、普通では無い場所と察したからか。

「うわ～」

美咲は声を上げて泣き、秀雄の胸に飛びついた。

そして時折、拳で小さく秀雄の胸を叩いた。

また更に少しずつ陽の光が射してくる。

美咲の涙がその陽射しに光って見えて美しい。

「もう直ぐ到着だ。皆を起こそう」

美咲は涙を手で拭い、秀雄と共に甲板から船の中へと入って行った。

その二　ホテル・サンドレ　ウェヌス

新天地

既に太陽が顔を出し、周囲を明るく照らしている。

船が海の波を切り裂く様が、光の反射でキラキラとして眩しい。

秀雄たちを乗せた客船は、ホテル・サンドレがある小さな島に到着した。

船はゆっくりとバースに停泊する。

ここはホテル内の朝食会場。

多くの客が料理台に並べられた料理を、自分の好みと今日のコンディションと相談しながら、手にしている皿に料理をのせていく。

料理同士が混じ合わないように気を使う人。

大好物であろうひとつの料理を皿の大部分を占めるように大量に、他の料理は少しだけ盛り付ける人。

気にしないで端からどんどん料理をのせていく人。

それぞれの楽しみ方が、それぞれの好みがその性格を覗かせる。

スクランブルエッグ、ベーコン、ハム、ブレッド、シリアル、フルーツ、ヨーグルト等洋食主体のメニューで和食の料理は見当たらない。

しかしそこにいる人達は、日本人に見える人たちばかり。

だが客の誰もが穏やかな表情で、楽しそうに食事を楽しんでいる様子。

和食のメニューが無いからといって、誰も文句を発する者はいない。

その会場を外に出ると、そこはホテルのロビー。

直ぐにコンシェルジュ・カウンターが確認できる。

ロビー中心部は円を描くように広がり、多くの人が行き交う空間。

それを囲むように数席の椅子、またテーブルや装飾品が配置されている。

天井には宇宙銀河系を連想させる絵が円柱状に描かれており、一番目立つ場所に女神の白い石像がある。

その石像はこちらが見えているような錯覚さえ感じ、妙にリアルで吸い込まれそうになる。

その他も白をベースに、明るい配色が多い。

そこで客と話をするのは、ホテル支配人森谷和樹（四八）。

燕尾服を身にまとい、貴族のように振る舞い、一人の客に執着することなく、満遍なく複数の客と言葉を交わす、社交的な人物と見える。


外から秀雄たちがホテル内に入ろうと、歩いてくる。

秀雄以外は周囲をキョロキョロと見まわし、一見すると不審者の集まりのように、その行動自体が皆怪しい。

「凄いホテルだな」

「確かに」

「こんなところでこれから生活するのか」

「ああ、多分な」

特に怪しい義郎と圭太は、他の三人との歩調が合わなく、五メートル程間隔をあけながらも、周囲の景色を警戒しながら確認していた。

「おやじ！」

「和樹、達者でいたか」

ホテルの中から、和樹が秀雄を発見し、出迎えにきた。

そして二人は抱き合って、お互いの身体を揺すってはお互いを確認し合う。

「ああ、やっぱりおやじだ。嬉しいよ」

「和樹、立派になって。ゴッツイな」

美咲と大樹はその光景を少し驚いた表情と何か珍しい物を発見した様に見ていた。

その後ろから、相変わらず警戒心を崩さない義郎と圭太が怪しく歩いて、立ち止まっている美咲と大樹にぶつかる。

「おお」

四人共に小さく驚く。

「こちらが・・」

「ああ、今日から世話になるよ。皆、こちらはこのホテルの支配人、森谷和樹。彼もまた卒塾生だ」

小さく驚く美咲たち。

「ようこそ、おいでくださいました。ホテル支配人の森谷和樹です。おやじから聞いています。皆様には期待してますよ」

「まあまあ、そんなプレッシャーかけないでさ。皆、支配人に自己紹介を」

その時、ホテル内からひとりの女性が杖をつきながら、ゆっくりとした足取りで出てきた。

若くもなく、それほど歳にも見えない。

アラフォーかそれ以上か。

杖をついているが、それは辛いとは感じられない。

むしろその杖は、恐らく障害があるであろう右足の役割を果たしてはいるが、歩調は左右均等ではない。

でもそれは彼女のいつもの本来の姿。彼女自身はそれを気にする事も無いし、決してその姿を笑う者などどこの地には居ない。

自然の姿ほど美しいと皆理解している。

和樹は咄嗟に反応し、素早く彼女の左側に寄り添い、右手の肘を差し出す。

「おはようございますプリンセス。今日は何でお楽しみになりますか？」

ドレスに近い服装で、か弱そうな体つきの女性は軽く笑みを和樹に送り、和樹の差し出した右手の隙間に左手を差し込む。

和樹は女性に軽くウインクすると、女性と平行してホテルの外へ歩いて行く。

「忙しそうだな」

「うん」

その光景を目で追う秀雄に共感して返事する美咲。

内心では和樹のそのホスピタリティに感心し、穏やかな気持ちになっていた。

秀雄がホテルの中へと進入して行くと他の四人も秀雄を追って中へ入る。

秀雄はこのホテルに慣れているのか、何も躊躇する事なく、ロビーを突っ切りその奥へと進行する。

その周囲では人々が各々それぞれの仕事をこなしている。

歓談する人々、コンシェルジュ・カウンターで相談する人々、ホテルスタッフに何かを訴える人々、等々様々。

その様子を見ながら四人はオドオドしながら、秀雄との間隔が広がりながらも後をついて行く。

秀雄は朝食会場の入口に着くと、それに気づいたレセプショニストが秀雄の姿を見る。

その顔は無表情で活気がない。

「失礼」

秀雄はその場を去ろうとする。

「おやじ！」

朝食会場の中から女性の声で呼び止められる秀雄。

秀雄が振り返ると、美咲とそれほど年が変わらない位の女性が秀雄に抱きついた。

「おやじ！」

更に左方から男性が。更にその反対方向から、また違う方向から、女性も男性も入り混じって十名程が秀雄に駆け寄った。

「ははは、皆元気だったか」

「はい！」皆、元気に返事を返す。

美咲、大樹、圭太、義郎の四人はその光景を見て、皆が秀雄の子供たちなんだと、疑う余地はなかった。

このホテルで働く事、それは秀雄の子供として、家族として働く事だと実感した。

美咲たち四人は、朝食会場内で料理台から、これから食べるべき料理を自身が持っている皿に盛りつけをする。

「おいしそう」

「たまらん、腹減った」

美咲がふと顔を違う方向へ向けると、先ほど秀雄に挨拶したであろう、ホテルスタッフも料理をとっている。

「お客さんがいなくなると、従業員の時間になるのか」

秀雄が着席している場所に、和樹が姿を現す。

秀雄が立ち上がり和樹を迎える。

「さっきはすいませんでした。突然消えたりして」

「いやいや。忙しいのにゴメンね。ささ、座って。今は大丈夫なの？」

二人はゆっくりと腰を下ろした。

「はい、今は外出した方が多くいらっしゃいまして、残りは彼女に任せています」

和樹が指さした方向に、真っ黒でなく、紺色よりも少し濃いであろうフォーマルスーツに身を包む女性が、レセプショニストとして立っている。

髪の毛は長めに見えるが、後ろでしっかりと固定して襟足が見えるように束ねており、品の良いヘアピンでセットしている。

ロビー側を見ており、こちらには背を向けている格好。

「彼女は違う塾で育った子です」

「そのホテルは？」

「今、閉鎖状態らしいです」

「じゃ、予定していた人たちは？」

「はっきりは分かりませんが、その日には成らないようです、今は」

「それは？」

「ウーラノスです」

秀雄は肩を落とすようにため息を吐く。

「人間はこの地球だけでは飽き足らず、月にも、その他の惑星にも、進行しようとしている。それは戦争のように国を侵略するのと、領土を自分のものにしようとする欲望でしかない。それは何故か？　それは人を支配する事の何物でもない。それがいかに愚かなのか、それを気付ける世にしたいな」

「何年経っても変わりませんね。やっぱりおやじは私のおやじ、私たちのおやじです。安心しました」

「何話してるの？」

美咲たち四人が料理を持って席に戻ってきた。

テーブルに各々の料理を置き、ソファーのその位置に腰を掛ける。

「和樹、挨拶がまだだったな。順番に自己紹介しようか」

「はい」四人は立ち上がった。

「宮脇美咲です。おやじ塾で十八歳迄暮らし、それから方々でアルバイトして、それから国会議員宅に住込みで料理人をしていました。そちらにいる溝口さんはそこの先輩で、あらゆる料理を教えていただきました。感謝しています」

美咲は義郎の方を少し向き、軽く会釈をする。

義郎もそれに返すように頭を下げる。

「これからお世話になると、おやじから聞いております。宜しくお願いいたします」

美咲はいつものように、腰を九〇度以上曲げて頭は膝の位置位まで下がっている。

美咲は美咲のお辞儀をして着席した。

「仲野圭太です。美咲と同じ二十三歳で、同じく十八歳までおやじ塾で暮らしていました。

美咲と大樹とは出会った時期は異なりますが、一緒に十年以上共に暮らした仲間です。卒塾後は美咲と同じ、国会議員宅で住み込みで召使をしていました。あそこでは私の方が少し先輩になりますが」

圭太は美咲の方を向き、アゴを少し上に傾け【どうだ】と云うようなジェスチャーを見せた。

美咲はそれを見てソッポを向く。

「よろしくお願いします」

圭太は軽く会釈をして着席した。

「国会議員宅とは？」

「熊沢紘一議員」

「そうでしたか」

「あんな事が起きるとはな」

「はい。もしかしたら再会するかもしれませんね」

「そうかもな」

和樹と秀雄はそんな話を交わした。

「和泉大樹、二十三歳。施設エンジニアをしてました。お願いします」

大樹はさっさと自己紹介を済ませて、すぐに着席した。

和樹と秀雄は苦笑する。

「施設エンジニアというと、例えばエレベーターの点検とか、電気系統のメンテとか、椅子、テーブルの修繕とかも出来ますか？」

「はい」

大樹は【なめんなよ】とも感じられるトーンで返事をした。

「わかりました。では最後お願いします」

「溝口義郎です。三十五歳です。美咲、圭太と一緒の国会議員宅で料理人をしておりました。

宜しくお願いいたします」

義郎は浅くもなく、深くもないお辞儀をして、ゆっくりと着席した。

「ひとつ聞いてもよろしいでしょうか？」

義郎が座りながら和樹に尋ねる。

「はい、何なりと」

「ブッフェボードを拝見しましたが、全て洋食メニューでした。例えば和食とか中華のメニューはありますか？」

「今日のメニューが全てではありません。メニューは日替わりで変わっていきます。ここに来た方々は、基本七日間をこちらでお過ごしになられます。朝も夜も違うメニューを提供して楽しんでいただけるように思案しています」

「ランチもですか？」

「昼は皆さまお出かけになるので、お食事の提供はありません」

「軽食もですか?」

「決められたメニューはありませんが、ご要望されればお答えいたします」

「そうですか」

「メニューは全て今の料理長が決定します。溝口さんも宮脇さんも、これからその料理長と共に、お仕事をして頂きます」

「承知しました。ありがとうございます」

「あのさ」

大樹が話に割って入る。

「はい」

「俺たちはこれからココに住む、住み込みって事になるんだよね」

「はい、ホテルスタッフ専用住居が別にあります。食事は滞在するお客様とは異なる時間に、同じメニューです。今と同じように」

「オーケー、それは理解した。それと・・」

「大樹」

秀雄が口を開いた。

「ホテル支配人は忙しいからその位で。これからは各配属先の責任者や先輩方に詳細を聞くように。それでいいかな?」

「はい」

大樹は納得して秀雄に返事をする。

和樹は笑みを浮かべて軽く会釈をする。

「皆様、食事はもうお済ですか？」

「ああ、まだこれが最初のディッシュで・」

美咲は恥ずかしそうに答える。

「そうでしたか。ではごゆっくりお楽しみくださいい。一時間後に各担当者に来てもらいます。ココでお待ち下さい」

「はい、ありがとうございます」

美咲がそう返すと、他の三人は座りながら会釈をした。

「では私はこれで。おやじ、部屋は分かってますね」

「ああ」

「では七日間、ごゆっくり。失礼します」

「世話になるよ」

和樹は立ち上がり、一礼してその場を去っていった。

「おやじ、ココに泊まるの？」

「ああ、少しだけ世話になるよ」

「ああ、久しぶりだね一緒にいるの。いっぱいお話ししよ。聞いてほしい事もあるし、相談事も。ねっ！」

「ねっ！」

美咲は秀雄に念をおした後、他の三人にも気持ちを伝えた。

三人も笑みを浮かべながら、軽く数回頷いた。

その後、美咲、義郎は料理人としてキッチンの部署へ、圭太はサービス部門、大樹は施設管理の部署へ、それぞれの担当と共に朝食会場を後にした。

秀雄は独りとなり、何か寂しいような、それとも安堵したような顔を見せる。

既にホテルスタッフは片付けを終えて、その会場には秀雄のみ。

ゆっくりと立ち上がった秀雄は、静かにその場を後にする。

仲間

それから五日後。それぞれの職場で、それぞれの場所で働いた美咲、大樹、圭太、義郎の四人は、偶然同じ時間に仕事を終了してから、義郎の部屋に集まっていた。

それぞれ食事や飲み物を持ち込んで、今までの五日間と今後の話に花を咲かせていた。

「どう？　大樹。大樹だけ違う所にいるから、どうしているのか気になっていたけど」

「そんなに俺がいないと寂しい？　もしかして惚れてる？」

「なに言ってんの、バカじゃないの。ただどうしてるかな～って」

「俺は先輩と一緒に、各施設を見て回っている。その都度、配線とか電気系統とかを教えてもらって、まだまだホテル全体の半分も廻りきれてない。明日でやっとパブリックが終わって、それからバック導線。その後はココとか。そう云えば、この部屋の作りは若干違うのかな、主電源の位置とかコンセントのアースとか、俺の部屋と」

「確かに。俺の部屋とも少し感覚が違うような。部屋の構造か？」

　圭太がその会話に入る。そしてこの部屋の住人、義郎、美咲も加わる。

「えっ、どんな感じで違うの？」

「いいじゃない。ちょっと位違ったって。そんな気になるんなら、皆で皆の部屋へ見学しにいけば？」

「じゃそうするか。じゃ美咲の部屋先に」

『パシッ』

　ビンタを食らう圭太。

「はい、終了〜」

「レストランはどうなの？」

　無視される圭太。

「ああ、ちゃんと鍋とかフライパンとかキレイになってるし、料理をつくる環境は整っている。スチコンとかオーブンとかの機械ものも良いメーカーのものがあるし、今のところ不自由はない。料理も料理長がちゃんと教えてくれるし、我々の要望も聞いてくれる」

「そう、結構期待されているみたいで、溝口先輩とアイデアを出し合って、料理長に進言してみたり」

「ええ？　まだ四日位なのに、もうそんな話までしてるの？　羨ましいな」

美咲にビンタされ頬を赤くした圭太が話を返す。

「こっちはさ、強面のスーパーヴァイザーがサービスには厳しくて。皆が今日しか会えないと思って、一期一会と思って接するようにって。ひとつひとつの動作でも、失礼が無いように、時にはずーっと張り付いて見られたり。でも云い返せないんだよね。全部正論だからさ」

「ある意味、厳しく、大事に、この先を期待されているんじゃない？」

「そだね～」

「バ～カ」

義郎、圭太、美咲の畳みかける会話。

大樹は一人冷静に聞いていた。

「それよりさ、人事とか行った？　入社手続きとか、住所変更とかさ」

「そう云えば行ってないな。そんな話もでないね」

「普通真っ先にそれじゃない？」

「たしかに」

「明日にでも聞くしかないね、先輩とか」

「そだね～」

「もう、ええっちゅうに」

前夜

その頃、レストランでは秀雄と和樹がディナーを楽しんでいた。

「これからマッチングです」

和樹が話を切り出した。

「今回はどの位？」

「既にこの五日間のレジャーで、相当数のカップルが誕生しています。ここまではいつもの通り。でも数名は未だ見つからず、未成立の方々のお話を聞いてサジェスチョンするつもりです。ただ今回はバランスが悪くて」

「男女比率？」

「はい。このままでは二名が残ってしまいます。おやじも含めて」

「俺はそのままでも良いよ。まずは皆を優先してほしい。時期が来たら、機会があったらで良いから」

「ご存知のとおり、七日目にイケないと四十九日間留まる事になります。それもココには滞在できません、人として。まあマレに帰ってくる方もいますが本当にごくマレで」

「俺はそれでも良いよ」

「これまでイッパイお世話になったのに、こんなに大きくしてくれて、親のいない子供を引き取って育ててくれたのに、そんな事出来る訳がないです。私は四十九日後、ほとんどの皆様がどうなったかは知りません。あっちに行けてないと云う事は、すごく悔やまれます」

「まあまあ。それは和樹だけの責任でもないし、それが天命だったと云う事じゃないか。俺もその一人と云う事で良いんじゃない？　こんな素晴らしく成長したのは君自身が立派だったから。残念ながら私は黒い手になってしまったから、素直にはイケないと思っているから大丈夫」

「おやじ・・」

「でもさ、二人なら男同士じゃ？」

「えっ？」

「ああ、ダメだねそれは」

和樹は少し考えていた。

確かに。

「んっ？　メール」

秀雄の携帯電話にメールが入る。

秀雄は携帯電話を片手にアプリケーションを開いて、そのメールを見る。

「ほう。和樹、今日は失礼するよ。美咲が呼んでてな。あの四人がひとつの部屋に集まって歓談してるらしい。俺にも話があるらしいから」

「はい、わかりました」

「どこまで話して良い？」

「どうせココに居れば、何れは解る事です。全てお話しいただいても結構ですが、ただ、理解できるか。また、誤解されても」

「そうだな。どこまで話せるか。任せてくれるか？」

「もちろんです」

「デザートをお持ちいたしますか？」

既にメインディッシュを食べ終えた二人のテーブルに、セルヴーズが声をかける。

「すまない、急用が出来たのでこれで失礼する」

秀雄は立ち上がって、軽く会釈をする。

セルヴーズも軽く会釈で返す。

「では明日」

和樹は秀雄に言葉を贈る。

秀雄はそれ程高くなく、顔の位置程度に右手を挙げて、その場を後にする。

「ごめんね。シェフにありがとうと伝えて」

「承知いたしました」

和樹は席を立ちテーブルを離れていく。

和樹は周囲を見回した。

そして一人で食事をしている女性のテーブルを見つけ、そこに近づく。

テーブルの横には杖が立てかけられていた。

「こんばんは、プリンセス。お食事はいかがでしょうか？」

「今日も素晴らしかったわ」

彼女は秀雄たちが訪問した日、外出しようとした時に和樹がエスコートした女性。

「今日はフレンチでしたので、この後はチェリージュビレでもいかがでしょか？」

「ええ？　うれしいわ」

「では用意させていただきます」

和樹は一礼して一度テーブルを離れる。

その女性はニコニコしながらテーブル上の飲み物に手をやり、自身の口に運んだ。

それは、これから食するであろう、チェリージュビレを想像しながら、食事の時とは一味違うテイストをその赤ワインに感じたようである。

和樹はセルヴーズとその女性のテーブルから離れた所で言葉を交わす。

そのセルヴーズは頷き和樹から去る。

暫くして和樹がサービスワゴンを押しながら女性のテーブルに現れる。

「お待たせいたしました」

女性はサービスワゴンとその上にのる食材等を見て、ワクワク感が顔に溢れ出る。

まず和樹はワゴン上のオレンジを手にして、木製の小型まな板の上に。

右手にペティナイフを握ると、素早くオレンジの右側に切れ込みをいれる。

そしてバースプーンを左手に持ち、一旦包丁を右手から放すと、その手でオレンジを手にする。

そのまま押さえながら、左手に持ったバースプーンのフォーク型の頭部分で、先程切れ込みをいれた所とは反対側にオレンジを串差しにする。

サーベルの先に刺さった様にオレンジを上にして目の前に位置すると、また包丁を右手に持ち、オレンジの皮を器用に果肉から円を描くように削いでいく。

そのナイフの切れ味が鋭いのか、それ程力を入れていないように見えるが、オレンジの皮に切れ目が流れるように入る。

その手さばきは芸術に近い。

女性はその器用さに恋をするかのような眼差しで見ていた。

オレンジの皮を切り終えると、用意されていた皿の上にオレンジを、バースプーンに刺さったままで休息を与える。

ワゴンに火を灯すと、フライパンの中にバターを入れて回しながら馴染ませると、ダークチェリー、三温糖、キリシュを加えてサーバースプーンで混ぜながら温める。

それは激しくなく、滑らかに馴染むようにフライパン全体に広げる様に。

時折、まだ馴染んでいない固まりがある三温糖とダークチェリーが喧嘩をするようにぶつかっては和樹に逆らうように方向を変えると、容赦なくサーバースプーンの裏側でその固まりを押し付けその意思を潰す。

そしてその中で泳ぐ者たちはまた違う物に姿を変えていく。

レストラン内の上部の照明が落とされる。

フライパンを火からずらすと、右手に持ったレードルに、ブランデーを注ぎ火を点けると、青い炎が出現した。

それを遠目から見ると、人魂のようにも感じられるような光景。

和樹は左手にバースプーンを手にし、オレンジの果肉がぶら下がるように持ち上げると、カットされたオレンジの皮が、らせん階段のように下の方へぶら下がる。

しかしそれは和樹以外、皆はまだ暗くて確認できない。

炎に包まれたブランデーを上からオレンジの果肉部分に注ぐと、らせん状のオレンジの皮を伝って炎がフライパンの中に流れる幻想的な光景が、暗いレストランの中に現れた。

『パチパチパチ』

レストランにいる皆が、その演出をみて拍手する。

その間にワゴン上にアイスクリームをセットするギャルソン。

レードルのブランデーが全て流れてフライパンの中に収まると、照明が元の明るさに戻る。

レードルでオレンジの皮をやさしく抱くと、ゆっくりとオレンジの果肉に畳み込みワゴン上の皿の上に着地させる。

バースプーンとレードルは和樹から別れを告げる。

和樹はブランデーが混ざり込んだチェリーを軽く温めると、用意されたアイスクリームにやさしくコーティングする。

そして素早くオレンジの果肉を、四枚スライスした。

「お待たせしました、当ホテルのチェリージュビレでございます」

女性は大喜びで拍手を送った。

「えっ？」

女性に提供されたものとは別に、その前に空席のところにも、もう一つ置かれた。

冷たいアイスクリームが暖められたチェリーとアルコール類でコーティングされ、オレンジスライスが二枚とスペアミントが添えられた一品。

「あちらの方は時折、プリンセスを見ておりました。また貴女もそれに気づいていて、何回か目が合っていましたね」

和樹が女性に話しかける。

その男性が女性のテーブルに。

「よろしいですか？」

和樹はその女性に軽く合図を送り、椅子を引く。

「・・はい、どうぞ」

女性は少し、はにかんだ様子で答える。

男性は安堵した表情で、和樹が引いてくれた椅子に着席する。

「ではごゆっくりお召し上がりください」

和樹はワゴンを押しながらそのテーブルを去って行く。

照明の調整をしたセルヴーズに近寄る。

「これで一組追加、ありがと」

セルヴーズは笑みを浮かべる。


『ピンポーン』

歓談を楽しむ美咲、大樹、圭太、義郎の四人に訪問を知らせるインターフォンが鳴る。

その画面には秀雄が映っていた。

「おやじ！」

「えっ？　おやじ」

四人はすぐさま、玄関に急ぐ。

圭太がドアを開くと、秀雄が軽く右手を挙げて、

「よっ」

「さあ入って、入って」

「いっぱい聞きたい事あるよ」

圭太は日本語が堪能な外国人のような言葉で迎え入れる。

秀雄は歓迎されながら、部屋の奥へと入って行くと他の皆と円を描くように座る。

義郎から空きのグラスを手渡されると、圭太が瓶ビールを注ぐ。

「私が呼んだんだよ」

美咲が自慢そうに皆に云う。

「たまには気が利くじゃない」

ビールを注ぎながら圭太が云う。

『ポカッ』

軽く頭を小突かれる圭太は、その拍子で注いでいたビールが零れそうになり、秀雄も少し反応する。

「たまにはとは何だ！　いつも気が利くだろうが」

「元気だな美咲は」

皆の嬉しそうな笑顔と笑い声。

「いろいろと聞きたいことがあるんだ。あの船での出来事も関係してるんでしょ」

美咲が切り出した。

「なんだよ、その出来事って」

圭太がその話に食いついた。

義郎もその話が気になり、聞き耳を立てるが、大樹は冷静に【どうでも良い】といった態度に見える。

「あの船でココにくる時、美咲以外は皆仮眠をとっていて見れなかったから。あの行事は七日毎に繰り返される」

「だからどんな行事なの？」

「冷静に聞いてくれ。まずココは地図にも載っていない島で、知っている人はごく僅か。一般の人間が来ても、ココの存在は確認できない」

「どうゆうことだよ。だって現に船に乗って俺たちは来て、こうして五日間過ごしているじゃないか」

「カモフラージュされてるって事？」

冷静な大樹が口を開いた。

「ココは現世でもなければあの世でもない。だから人間には見えないし触れる事もない」

「ははは・・・だから、こうしてココに・・えっ？　じゃ俺たち死んでるの？」

圭太は理解できずアタフタする。

「そうじゃない。ちゃんと人間として生きているが、存在が普通ではないということだ」

四人は返せる言葉もなく、秀雄の次の言葉を待っていた。

「詳しく話しても混乱するだけだから、要点を話そう。まず美咲が見た花火のような閃光は、人間の魂だ」

美咲以外の三人はそれぞれのリアクションでその言葉に反応した。

「美咲はそれを見て理解したよ」

「理解とかじゃなくて、分かったのは灰の匂いがしたって事」

「灰の匂い？　灰って匂いあるのか？」

「私が知っている灰の匂いは、人が死んでから火葬された後、骨を拾う時に残った灰の匂い。もしかしたら火葬して直ぐだから、熱があるからその匂いがするかも知れないけど」

「・・・・」

一同は声も出ない。

「おやじに連れられて、母が見つかったって言われて行った先が火葬場。十二歳だったけど同じか、それより少し上ぐらいの人が二人いて、母の子供だって後から聞いた。その時は皆から酷い目で見られた。おやじはそんな人達に深く頭を下げて。おやじの方が辛いのに、あの頃はおやじが嫌いだった。どんな母だったのか、どんな境遇だったのか。親戚らしい人たちを見れば決して幸せな環境ではなかったと思った。どうして私を捨てなければならなかったのか、どうしてあの人たちと一緒に居なければならなかったのか。私は母の骨を拾う事が出来なかった。残ったのは灰だけ。その時の匂い」

秀雄はその時を思い出していた。

「でも美咲は受け入れてくれた。だから今もこうして皆と居る」

美咲は下を向きながら笑みを浮かべる。

「乗船していた人たちは現世でいう死人。そしてココで、ホテル・サンドレで初七日を過ごす」

「ホテル・サンドレ。フランス語で灰」

義郎はフランス料理を得意とする為、フランス語には鋭い。

「日付が変わった七日目に、一組ずつカップルとなった二人が一緒に旅立つ行事。丸い花火が扇型のように散って行くのが死者の魂。それは我々がホテルで接する人の中に、数個から数十個の魂がひとつのカテゴリー毎の集合体で一人を形成している。ある人は佐藤さん、田中さんの集合体であったり、同じ時間で事故にあった人達だったり。その時の状況や集合しやすい魂でも異なる。でもなぜか？　それは私にもわからない」

四人は真剣に秀雄の話に耳を傾ける。

「最初に浮遊するのは女性。ゆっくりと浮き上がり魂が散った後、男性が勢いよくひとつのレーザービームのように上昇する。その勢いでその散った魂たちが上空へ消えていく。それが美咲の見た光景。その日まではその人達にゆっくりとココで過ごしてもらい、次に旅立つ処、一緒に旅立つ人と恐怖心が無くなるよう、この行事が今でもあるという」

「毎日食する贅沢な食事は、最後の晩餐ということか」

料理人らしいコメントの義郎。

「それは誰から聞いたの？」

大樹が口を開く。

「先生、塾の。もう三〇年も前のことだ」

「じゃ、その前もわかるって事だよね。なんでこんな事があるのかとか誕生秘話とか」

「過去がどうとか、と云う話ではない。過去は過去。過去から学んだ事は将来生かせば良いが、生かせない過去は忘れて良い」

「過去を知って、それがどんな過去でも、自分の判断材料になるんじゃ・・・」

「私は知らなくも良いと思った。皆は私の事や、さっき美咲が話した経験も覚えているのも良し、忘れても良い。大事なのは皆がこれからをココで過ごせるか、と云う事。ある一定の時期を経過すると、現世から皆の存在は記憶から、記録から消える」

「なるほど」大樹は頷く。

「じゃココに人事や住所変更や手続きが無いのは・・・」

「必要ないからだ」

　美咲の質問と秀雄の答えに声もでない。

「今日これからその行事のカップルを決める為の最終調整が行われる。和樹もまた、前任のホテル支配人から今を引き継いだ。行事に関わる基本的な事は引き継いだが、その方法については和樹独自のアイデアもある。あいつには助けてもらった」

「この数日、調理場で料理手伝って。食材の調達とか、どうしてるか判らないけど、気づくとチャンバーやフリーザーに必要なものが揃ってるの。それに消耗品やコックコートも随時あるし。あれは料理長が発注とかしてるのかな」

「そう、それはちょっと気になってた」

　義郎も美咲の意見に賛同する。

「これを支援する団体がいる。必要な物資は全てその団体が用意してくれている」

「それって？」

「おいおい解る時がくる。今は今の仕事に慣れる事が先決。そしてこの事実を理解する事が大事、そう思うのだが？」

　思い空気がその場を包む。

「さっき、おやじは塾の先生から。支配人は先代の支配人から、それぞれこの事実を知らされたって事だよね」

「そうだ」

　圭太は確認したかった。

「それを伝えた人はもういない。つまりは死んだって事」

「そう」

「じゃ俺たちは人間だね。寿命も無く、年とったりもしないでズーっとココで働くってことじゃないね」

「年もとるし、シワもできるし」

「そうか、人間なのか」

　圭太は安堵した。

「例えばさ」

　大樹が切り出す。

「まあ、まだ五日間しかココに居ないから、この先なんて分からないけど、やっぱ、や〜めた、っていうのは？　こんなところでこの先娯楽も無いし、人間らしい楽しみも無いし、やっぱりあの世界に戻りたいとしたら？」

「それはお前たちが決めること。誰も止めたりはしない。そうなって恨む奴らもいない。選択権はお前たち一人一人にある。それが明日になるのか、一年後なのか十年後なのか、いつでもお前が決めて良いが・・・」

「ある一定の時期が過ぎると・・・」

「そうか、そうだった」

「決断は早い方が良いか」

「給料っていくらぐらいかな」

圭太が割って入る。

「ない」

「ない？」

「必要か？」

「だって何か欲しい物買ったりとか、必要でしょ、お金」

「生活必需品は全て揃えてくれる。例えばこの瓶ビールも、予め仕事中に補充してくれたり、ホテルの物を全て供給してくれる。また別に必要であれば申請すれば概ね手に入る」

「例えば有料テレビが見たいとか・・スマホが欲しいとか・・・」

「有料テレビは当然ホテル回線で鑑賞できるし、スマホは支給される。但し外部には通じないし、ＳＮＳも閲覧は出来るが発信はできない。情報として見るだけ。仕事以外のプライベートは自由に行動できる。とは云っても就業規則がある訳でもないし強制もしない。ただただこのシステムを理解してどう生きて行くのか、それを共有できる者しかココのスタッフにはいないという事だ。他はオイオイ時間が経つにつれ、経験を積んでいく事で分かってくる」

「俺たちにはココに居た方が良いと」

大樹は冷静に秀雄に聞く。

「お前たちは望んで今までの経験をした訳ではない。生を受けた時は、絶対にいたはずの親がいつの間にかいなくなっていた。普通と云われる事が普通ではなかった。今を、その時々を、ただ受け入れて生きてきた。私はただそれを見ていた。これからは自身で決断してほしい。ココが良いのか、人間の世界に戻るのか。自分にとってのこの先を」


秀雄が部屋を去った後、まだ四人は義郎の部屋に留まっていた。

何も発せず、特に何をするでも無しに、時折飲み物を飲んだり、少し食したり。

本当はもっと違う事を聞くはずだった。

楽しい事。サーフィンやスカイダイビングやレジャーランドや。どんな楽しみがあるんだろうって、そう思ってたりもした。でも今を理解するのに精いっぱいで聞けなかった。

聞きたくなかった、と云う言い方もあるかもしれない。

秀雄はこの為に僕らを引き取り、この為に塾生を育てたのか？

そんな疑問も生まれる。

それぞれが自分なりの答えを導きだそうとしていた。

「あの人達は死人だけど、まだ間もないから俺たちには見えるってこと？　でも食事もできるし触れたりも出来るけど？　死人ですか？　一人でも魂がいっぱい？　もう訳わからん」

圭太は率直な疑問を口にする。

「まずはどうなるのか、明後日、いや明日の深夜になれば解る。何が起きるのか。美咲がみた光景は何だったのか」

そう云う大樹の言葉に耳を傾ける美咲。

「俺は五日間、美咲とシェフと、またその料理人たちと食事を用意してきた。それはレストランで働いていた時と同じようにお客様に対して、人に対して料理を出していた。熊沢宅にいた時は、そこからほぼ出掛けることなく、休みなんてなかったし、料理をつくることだけが生きがいだった。あそこで一生を過ごすのかと思った時、美咲が来た。自分の料理を認めてくれて、また美咲なりの好奇心溢れる料理が自分の料理にも影響を与えてくれている」

「だから？」

「だから？」

「美咲にホの字ってことですか？」

　圭太と義郎が掛け合う。

「なに言ってんのよ」

　美咲は少し尖ったように言葉を放つが、少しオドオドしたように、また少し恥ずかしそうにも取れる。

「なに丁度いいや。俺だって美咲には思うところがあるけどな」

「なによ、何云ってんのよ二人とも・・真剣に今後の事考えないと」

「美咲、その現実も受け止めろよ」

　大樹は冷静に云う。

「今はそれより、おやじが私たちに新しい場を、これから将来的にも安心できる場を提供してくれたって事で・・・。だからそれが私たちにとってより良い事なのか、確かめようって、ね」

　美咲は話を自分から逸らせようと、誘導しているともとれる発言。

　少しの間、沈黙する四人。

「そろそろ解散しないか」

　大樹が切り出す。

「そうだね、そろそろ、明日朝食もあるし。じゃ先に行くね」

　美咲はそう云うと、早々に部屋を出て行く。

「じゃ俺も」

「おい、ちょっと待て。二人に話がある」

「えっなんだよ、美咲の事？」

「ああ」

「そんな、深く考えないでよ」

「それは別として、なんで熊沢宅に住込みでいた三人が揃って出てこれたんだ。おやじが呼んだのは解るが、皆一緒とは。何かあったのか」

「さすが大樹君だね」

「ああ、さすが大樹だ」

「思ってもない事は良いから何があった？」

「美咲がシェフデビューした日だった。彼女は何日も前からメニューを考えていて張り切っていたんだよ。最初は二人分の予定だったが、急遽三人前の料理に変更された。その趣旨も。美咲は女性向けにもアレンジを加えて見事な料理が出来た。私にはない繊細さを加えて。ちょっと嫉妬したよあれには。でもこれからお互いの長所を更に切磋琢磨する予定だった。どんな人が来客しても対応できる料理を」

「そっ、美咲は成長した。なんか輝いてた」

「じゃ何もココに来なくても」

大樹は不思議そうに二人に聞く。

「その夜だった。美咲はその日のメニューを再現して復習していた。深夜まで。そこへ海生がやってきた・・美咲を力ずくで」

「やられたのか？」

「いや、そこへ丁度熊沢議員の奥さんになる人が現れて。ディナーの客として来てて、その日は泊まっていた。で、あぶないところを止めてくれた」

熊沢宅キッチン～美咲の部屋（回想）

力ずくで抱き寄せられた美咲は右手に包丁を持った。

海生の口が美咲に近づく。

美咲はガードする左手に更に力をこめて阻止しようとするが海生の方が強い。

『カチッ』

突然、調理場全体の照明に灯がつく。

海生はビックリして振り返る。

その拍子に海生の力が緩み、美咲は左手のガードに勢いをつけて海生を突き放す。

「あれれ」

そこには、今日紘一に結婚相手として家に招かれた朱里の姿があった。

「ここは何をするところでしょうか？　大の大人が判らないかな」

朱里はゆっくりと二人に近づく。

「なんだよ、もう母親気取りかよ」

「そうやってココで働く女性たちを、次々と泣き寝入りさせているのかな」

「関係ないだろ」

「ふーん、ねえコックさん。今日はもう寝た方が良くてよ。その包丁はしまって」

美咲は右手に握る包丁の先を海生に向ける。

「せっかく料理の勉強をしていたのに。真剣に料理に向き合っていたのにね、残念」

美咲は歯を食いしばり悔しさを抑えた。

「もう行った方が良いかな。この後はお父様ともお話ししなくちゃならないし」

キッチンの陰から紘一が姿を現す。

海生、美咲、二人とも驚く。

「海生、お前ってやつは・・」

「人に云えることかよ。この女で何人目だ。説教するなら自分が改めろよ」

「なんだと」

朱里は手で美咲に合図する。この場を去れと。

美咲は包丁を元のサヤに戻し、いつもの美咲のお辞儀をして、その場を後にする。

美咲は自分の部屋の前にくる。

コックズボンから、可愛い小さい人形が付けてある部屋の鍵を取り出し、鍵穴にさしロックを外す。

暗い部屋に入り、内側からロックすると暫くそのままロックした手を放さず微動だにしない美咲。

ゆっくりと手を放し、部屋の中心へ移動する。

そして全身の力を抜くと、操り人形が一気に崩れ落ちるように座り込んだ。

少しずつ、先ほどの恐怖が蘇る。

両手が震え目に涙が溜まる。

口を開くと、涙がこぼれ落ち、両手でその洪水を押しとめる。

ただ美咲は声を出さない。泣く声は出せない。そうやって育ってきた。

(回想の終了)


「これは後から聞いた話だが、その女性は熊沢議員に付き合うフリをして近寄ったみたいだ。海生の噂を聞いていたらしい」

「なんだ噂って」

「親の特権を利用して女を連れ込んだり、騙してはやったり。でも親も同じような事をしていた。議員も金と自分の立場で表に出ないようにしていたらしい」

「で、なんで皆一緒なんだ。それなら美咲だけじゃ」

「その女性がそれをツイートした。一気に広がったが数時間後に削除されたらしい。一部始終をピンマイクで録音していた。親子げんかの内容には海生の婦女暴行と議員の汚職、横領が含まれていたと」

「そうか」

「それからマスコミが騒いで。とうとう夜逃げ同然に家を追われた。今は空家で整理管財人が国と話をしていると聞いている。あの次の日、俺と圭太宛に置手紙があった【出所します】と」

「美咲らしいな。なるほどそれで圭太も溝口さんも」

「他の使用人も全てバラバラに」

「それはそれで死活問題だな。行方は？」

「判らない。できればより良い環境でいてくれたら」

「そうか、わかった。じゃお先」

大樹は立ち上がり出口へ。

「二人共、あまり熱くならんと」

圭太と義郎は目を見合わせると、少し火照っているようにも感じられた。

美咲は自分の部屋の前に戻ってきた。

ポケットから鍵を取り出し鍵穴に入れようとした時、二～三部屋先のドアが開く。

そこから朱里がスーツ姿で出てきた。

『ハッ？』

美咲は朱里とハッキリ確認し驚く。

朱里は美咲と反対方向へ歩いて行く。

美咲は少し距離を保ちながら、朱里の歩いて行く方向へと歩みだす。

プライベート空間からホテルのパブリックへの扉を開き、エリアを変更すると一礼して
その扉を閉める朱里。

美咲も後を追う。

ロビーにいる人は疎らながら、ホテルの玄関口全体の灯を暗くするのはまだ早い時間帯。

コンシェルジュ・デスクにいる和樹と合流する朱里。

二人はデスク上にあるであろう何かを見ながら話をしている。

その様子を遠目で見る美咲。

暫くして和樹と朱里は別々の方向に歩き離れていった。

美咲はその二人を互い違いに目で追い、少し困った表情で考え込む。

ふと和樹を見ると、既にエレベーターに乗り込み、扉が閉まる寸前。

朱里の方を見ると、エスカレーターで上って行く姿。

咄嗟に朱里の後を追いかける美咲。

エスカレーターを降りた朱里はそのまま奥へと進む。

ひとつのドアを開き中へ入ると、宴会場のようだが、まだそこはホワイエ。

数か所ある扉の内、その一つを開き約九〇度に近いお辞儀をすると中へ入る。

残念そうな顔を見せる美咲。

「まだ寝ないのですか？」

背後からそう云われた美咲が後ろを振り返る。

『ハッ？』

そこにはいつも綺麗にシワひとつない燕尾服を乱れる事無く着こなす和樹が、一人の男性を連れていた。

「コンバンワ」

男性が美咲に声を掛ける。

年寄りと呼ぶには若いが、中年と呼ぶには歳かもしれない。

しかし和樹に匹敵する程、スーツの着こなしは良く、ダンディーと呼ぶにふさわしい。

「こんばんは」

美咲が挨拶を返す。

「失礼」

和樹は男性を先導しながら、ホワイエを奥の方へ一緒に歩いて行く。

そして先ほど朱里が入って行った扉に軽くノックをすると、ゆっくりと扉を開いて四五度から五〇度程度に頭を下げる。

一緒に来た男性もそれを真似る。

二人はドアの奥に消えた。

「なんだよ、なんであの人がいるの」

美咲はそのドアを確認し、左右を見回しながら思案した結果、裏導線からの侵入を試みる事にする。

その付近を遠回りしながら、その部屋の裏側であろうドアを見極めると、ゆっくりと少しだけ開く。

「失礼ですよ！」

内側から大きく発せられた女性の声。

「良いです。お入りください」

和樹の声が聞こえた。

美咲はゆっくりとドアを開く。

中央に構える円形のテーブル。

その中央には、水がはられた小さなボウル皿に、枝を切りとられたひとつの白いバラ。

テーブル周辺には一切余分なものは置いていない。

やや奥側の左手に、隣同士で座っている朱里と和樹。

やや手前右側に隣同士に位置する椅子は朱里と和樹と対面するように向かい合う。

しかしその椅子に人影はなく、確認できるのは朱里と和樹だけ。

「あれ？」

美咲は中に入りドアを閉める。

「あの～、どなたとお話をされていたんですか？　支配人と一緒に入った男性はどこにいったのですか？」

朱里と和樹は顔を見合わせた。

「少しそちらでお待ちください」

「はい」

美咲は裏ドアの直ぐ手が届く所で立ち、朱里と和樹を見ていた。

「私は良いかと存じますが」

「はい、私もお似合いかと存じます」

美咲は不思議な光景を見ていた。

美咲が目撃したのは、誰も座っていないように見えるその椅子に向かって話をする朱里と和樹。

「これって・・・」

朱里と和樹は言葉を発しては軽く頷きをし、少し話しては軽く笑みを浮かべる。

そんな光景を何度か繰り返した。

「承知いたしました」

「ありがとうございます。ごゆっくりお過ごしください」

朱里と和樹は座りながらテーブルに頭を付けそうになる位に頭を下げる。

『ヒュー』

「ああ」

美咲は頬に風が吹き、何かが通り過ぎるのを感じた。

「この匂い・・今、行ったんですか？」

「この場所からは。お二人でお過ごしになる場所へ行きました」

和樹は美咲の質問に答えた。

「朱里さん、どうしてココに？」

「お知り合いでしたか？」

「はい、私が暴露した熊沢宅の料理人をしていた子です」

「そうでしたか。熊沢家のことは存じております。それも天命だったのでしょう」

「朱里さんには感謝してます。でもあれが原因であそこにいた使用人たちは職を失って、今どうしてるか・・私が我慢すれば良かったのかって」

「ええと、今はその話なのかな？」

「ああ、今ここで行われていた事ってなんですか？　私には見えなかったですが、さっきの支配人と一緒に来られた方はどちらに行かれましたか？」

「恐らく、いろいろ詳細をお話しても、まだこちらに来て日が浅いですし、また直ぐには理解が難しいかと思います」

「はあ」

「おやじ、いや奥野様とはどの程度お話をされましたか？　ココについて」

「はい。私はココにくる船の上で、扇型の花火のような光景を目にしました。そしてそれが何なのかもおやじに確認できました」

「それで？」

「死者が一つの身体にカテゴリー別に集約して、ココに来て初七日を過ごす。その間に昼はレジャーで相手を探す。男女のカップルができて、そのカップルは七日目の深夜から早朝にかけて、夜空の彼方に消えて別の世界に旅立つ・・」

「その通りです、よく理解していただけました」

「はい」

美咲は和樹に褒められたのか、それとも理解しているフリをしているように思われているのか。

まだ和樹を信じられる余裕はないが、ココにいる以上は社長と一緒。ご主人様と一緒、熊沢家と一緒？　そうなのか。

『はッ？』

ご主人様と一緒ということは、また狙われてしまうのか？

じゃホテル従業員の女性は、皆犠牲者で皆黙っているのか？　ええ？　もしかして朱里さんもそうなのか？

美咲は不信感を募らせた。

「じゃ私はこれで」

朱里は立ち上がり和樹に一礼する。

「明日よろしくお願いいたします」

「はい」

「あの～」

「貴女も明日は朝食でしょ？　寝ないと」

「はい」

朱里は早々に扉を開いた。

美咲は朱里がいなくなると、和樹と二人きりになってしまうと感じた。

「ああ、私も行きます」

美咲は足早に朱里を追いかける。

「話はいいの？」

「ああ、また今度で。失礼します」

朱里と美咲が部屋を出る姿を目で追う和樹。

何やら美咲に微笑ましさを感じた和樹だった。

朱里と美咲はプライベート・エリアを横並びで各々の部屋を目指して歩く。

「朱里さん、どうしてココに？」

「私は元々ココに居たの。あの時は一ヶ月の約束で熊沢に近づいた。証拠をつかむ為に」

「貴女が海生にされたことは未遂に終わってるけど、泣き寝入りしている子はたくさんいた。いつかどうにかしないと、とそう思っていた。支配人が機会を作ってくれたの。それであのタイミング」

「誰かお知り合いが犠牲になったのですか」

「ココの子じゃないけど。貴女より少し年上かもしれない」

二人は各々の部屋に近いところに来た。

「じゃ」

「ひとつだけ宜しいでしょうか」

「なに？」

「あの時、助けてくれてありがとうございました」

美咲はいつもの美咲のお辞儀ではなく、ゆっくりとした動作で角度もそれほど深くはない。それは美咲の気持ちが表れていたようにも見える。そして顔を上げる。

「私は私のする事をしただけ。目的達成の為に良いタイミングだった。こちらこそ感謝するわ」

「ただ・・・」

美咲は目線を下に向けると両肩が震え、言おうとしていた言葉がかき消された。

「証拠・・・」

「ただ？」

朱里はその先の言葉が気になり、のぞき込むように下から美咲を見る。

美咲の目から大粒の涙が一粒と、さらにもう一粒落ちる。

朱里は胸をはり、美咲を見下すように腕を組み次の言葉を待った。

その表情は厳しい。

「云う事がないならもう寝るけど」

美咲は涙をぬぐい朱里を睨む。

「助けてくれた事には感謝しています。でも結果的にあそこの使用人たちは皆、職を追われ住居さえも追われました。今、どうしているのかも分かりません。圭太や溝口さんはこうして次があったけど、皆は、皆は・・」

「そう。じゃ助けなければ良かったかな。そのまま見ないふりして、議員の事だけ暴露すれば良かったのかな」

「・・・・」

美咲はその言葉に返す言葉もなく、朱里から目を逸らせた。

「さっきはこれを云いたかったのね。そう。どれだけヒーローでいたいの？　そんなにカッコよく自分を見せたいの？」

「そんなことは・・」

「じゅあ貴女は自分も守れなかったのに、他の人を守れるとでも思っているのかな？」

『はっ？』

「確かに貴女の云っている事は立派です。皆が皆、全部が全部、貴女の思い通りになれば貴女は幸せかな。それは皆が望んでいる事でしょうか?」

云い返せない美咲。

「貴女は今まで何を犠牲にした?　何かを成し遂げる為に何を犠牲にしたの?　自分?　自分の時間?　友人?」

美咲は歯を食い縛って少し震えている。

「まだ若いわね。でもその考え忘れないでいてほしい。私は捨てたのが早かったから、その思いを」

近くの部屋の扉が開き、若い女性スタッフが顔を覗かせ二人を見る。

「ああ、ごめんなさい。少し話声が煩かったかしら。じゃお休みなさい」

「すいません」

朱里は自分の部屋に入って行った。

美咲は朱里が部屋に入った後、ドアに向かってお辞儀をした。

いつもの美咲お辞儀ではない会釈程度のお辞儀を。

美咲は自分の部屋のロックを外し、部屋の中へ消えた。

その三　その先へ

初七日

秀雄はひとり、ホテルのメイン・バーでカウンターに座り酒を飲んでいた。

ロックグラスには大きな氷がひとつ。

そのグラスの中に窮屈そうに入っていたブラウンの飲み物は、あと一口程で無くなりそう。

「ここでしたか」

秀雄の背後から和樹の声が聞こえる。

和樹はバー・カウンターに入る。

「ご苦労様。後は私がやるから上がって」

秀雄の相手をしていたバーテンダーは和樹に一礼した。

「ではお休みなさいませ」

秀雄に一礼したバーテンダーはその場を去って行った。

和樹は洋酒が並んでいる背後の棚から一つを手にして、左手でキャップを回して開封し、秀雄の前に置いてあるグラスの中に少しだけ開放する。

「ありがとう」

「おやじ、お酒飲めましたっけ？」

「俺じゃないんだ。俺の中にいる誰かが求めてる」

「なるほど、そうでしたか。でもあまり飲みすぎないで下さいね」

「いやいや。もう飲み過ぎた所で何も無いから。味は美味しいと感じるが、酔わないんだよ、こうなると」

「そうでしたね。皆様そうおっしゃいます」

「食事もそう。お腹がいっぱいにならない」

「そうでしたね」

「でもさ。こうして美咲と義郎が作る食事を毎日食べて、なんか、凄いなって。こんな美味しい料理を作れるんだって。成長したな。それにさ、他の皆も和樹と一緒に楽しくやっていそうで。うれしくなったよ」

「ありがとうございます」

「どう、あと一人の男性は成立した？」

「はい、お陰様で」

「えっ？　なんで？　余るはずだったよね」

「それが」

　秀雄は興味津々の表情で和樹を見る。

「その方は見た目、それほどイケてない方で、恐らくはその引っ込み思案の性格から、最後まで残るかなって思っていた程です」

「じゃなんで決まったの？　でも誰と？」

「その方は率先してお出掛けにもなりませんでしたし、御自身の部屋に閉じこもる日々でした。食事はほぼルームサービスで、レストランにお越しになる事は数回のみ。でも」

「でも？」

「そのルームサービスの女性と」

「えっ？　それって大丈夫なの？　犯罪じゃ」

「ああ、ちゃんと報告されてますから、そのスタッフから。お互いの意思です」

「でもさ、片や生きてないでしょ。片や和樹と同じ、生きてるじゃない。なんで？」

「世の中には不思議な事もあるんです」

「いや、世の中じゃないし、ココ」

「まあ、いいじゃないですか。そうゆう事もあるって事ですよ。私も初めてのケースですが、彼女の希望もあって送る事にしました」

「なんでもありだな、ココ」

「まだまだ知らない事だらけです。毎日が発見で、楽しいですよ。そういうおやじも食事出来たり、お酒飲めたりもしますし」

「たしかに」

二人は大声で笑った。

「すいません、おやじだけ、残っちゃいました」

「だから良いって、俺は」

和樹はカウンターの下から、ワイングラスを取り出す。

更に同じ所から白ワインとカシスを取り出してカウンターの上に置く。

「飲みます？　キール」

「いや俺はバーボンでいい。飲みたいみたいだし」

「はい」

和樹はカシスを最初に少量注ぎ、その後に木のコルクで栓をされた白ワインを右手に。

左手でコルクを捻りながらボトルと別離させ、カシスとゆっくり融合させる。

カシスの濃い色が少しずつ白ワインと混ざることで明るい色に変化し続け、琥珀色というほど黄色っぽくないが、ロゼワインというにはそれほど薄くはない。

赤ワインの薄い色、とも違う。

それはそれで透き通った綺麗な色。

和樹はその色を一瞬確認するように右手でワイングラスを手にして、目の位置で眺め、そして少し口にした。

「聞いても良いですか？」

「ああ」

和樹は真剣に秀雄を見る。

「自分で？　それとも事故ですか？」

秀雄は少しハニカミながら、話しだす。

「あの船の中だった。美咲たちと合流して船に乗った時は、まだだった」

「あの船の中で？」

「皆が寝た後、甲板に一人で出た。ひとつ上の甲板ではココに来た皆が楽しんでいた。俺はその階を訪れた。そう、皆正装してアレを見てたよ」

「Ｂ４ＤＯ」

「ああ、凄い光景だった。皆歓声を上げて見入っていた。そこで会ったんだよ、妻に」

和樹の表情が少しこわばった。

「既にカップルになっていたよ、俺以外の奴と。でももう違うんだなって理解した。憎かったけど、でももうどうにもできないし、取り戻す事もできない。恐らく見た目がそうなだけで、まったく別人なのかもしれない。でも一瞬であの頃に戻って、辛くてさ。だからもうどうでもいいやって。飲んだ。一気にテキーラを瓶ごと一気に」

「急性アルコール中毒・・」

「酒を飲めない俺が、そんな気持ちになってさ。皆を呼んだのに。和樹とこの世界を手伝って欲しいと思って呼んだのに。その一瞬でその一瞬の感情で己をコントロールできなかった。愚か者だ俺は。おやじと呼ばれる価値がない」

「それこそが人間じゃないですか。その時にどう判断するか、全てはその人次第。その時に判断した事は絶対に間違っていないと私は思っています。その時にそう自分が決めたのだから。そうするのも自分。そうしないのも自分。誰の人生でもないです。その人の人生だから」

「和樹、俺より大人だな。立派になった」

「恐れ入ります」

「俺はさ、自分をどこで終わらすか、考えてた。ココに来てから和樹に相談しようと。けどあんな形で終わるとはな。まあ、これはこれで俺らしくていいかもしれないけど」

「はい」

「こんな素晴らしい子供たちと出会えて俺は幸せだったよ、ひとつを残しては」

「ひとつ・・・」

「結局、娘は家を、塾を出て行ったまま会えなかった。どうなったのか・・」

「裕美さんですか?」

「和樹と一緒になってくれてれば・・」

「懐かしいですね」

「自分の子供と塾の子供。どっちも大切な俺たちの子供・・それを理解できるかできないか微妙な時期だった」

「そうでしたね」

「あの時は済まなかった」

「いえ、もう遠い思い出ですよ」

「あんな二人が仲良かったのになんでかな」

「あの時の裕美さんにしか判らない事だと思います。なんでかなんて他人には理解できるはずもないですから」

「でも云って欲しかったろ？」

「裕美さんは理解していたんだと思います。僕に何を云っても裕美さんが望む答えは返ってこないと。私も微妙な時期でしたし、そんな身分でもないのに・・」

「そんな思いをさせたのは私たちが不甲斐なかったせいだ」

「皆が必死だった。一生懸命で真っ直ぐだったから」

「そうだな。和樹が卒塾をして直ぐだった。妻も責められてた。辛かったな。会いたかったろうにあいつも」

　暫く沈黙が二人の間に割って入った。

「私もひとつ謝らなければなりません」

　秀雄は不思議そうに和樹を見ていた。

「熊沢家のこと、送り出したのは私です。結果的に多くの犠牲を」

「そうだな。でもさ、それはその時がきたらその人に直接伝えてくれないか？」

　和樹は苦笑した。

「ココに来ますかね？」

「ココは不思議な場所で、何でも有りなんだろ？」

「それもそうですね。ありがとうございました」

「よろしく頼むなあいつらを」

「はい」

秀雄と和樹はそれから暫くの間、アルコールと共に二人の時間を過ごした。

B4D0

六日目の前、ココに訪れた魂は旅立つ前の最後の夜を皆で祝っていた。

ホテル・サンドレの大宴会場。

派手な飾りつけに、ド派手な照明。

参加している皆が全て笑顔で、熱狂し、用意された豪華な食事を食し、ウィスキーやワインを飲みながら、鳴り響く音楽でダンスを踊る。

その空間に、招かれた方も招く方も関係なく、皆が一緒になってその時を楽しむ。

アップテンポな音楽に合わせて、皆それぞれのダンスで周囲を気にする事もなく、今この時を楽しんでいる。

一連の仕事を終えた美咲と義郎が、プライベート・エリアからその会場に現れる。

「おいおい、これが最後の晩餐か？」

「まあ、これもアリでしょうか」

少し呆れた表情の美咲だったが、二人共その熱狂ぶりに圧倒され、次の一歩を前に出すのを躊躇していた。

「うわ～」

突然、美咲は誰かに腕を掴まれて、ダンスをする渦へと引き込まれた。

見た目老人という表現が合う男性が、美咲の両手首を握りながら音楽に合わせて左右上下、揺らしたり回したり。

顔いっぱいの笑顔で楽しさを表現する。

「なんで？」

美咲は苦笑しながら考えていた。

なんで触れられるのか？　なんで感覚があるのか？　この人、いやこの魂って？

「おお～」

違う方向からまた別の手に腕を掴まれて引っ張られる美咲。

不思議と老人が掴んでいた手は強くなくスーっと感覚なく離れていった。

強く美咲の腕を引っ張ったのは朱里だった。

「気をつけてね。引き込まれると連れていかれるかもしれないから」

「ええ？」

「まだ貴女は日が浅いから。長くいる人はココに根付いているから大丈夫だけれど」

次の瞬間、朱里は他の女性に腕を掴まれて、ダンスの渦に巻き込まれていった。

美咲は呆然とそれを見ていた。

美咲もまた、突然手首を引っ張られダンスの渦の中に。

『はっ?』

目の前には義郎がいた。

楽しそうに笑い、握った美咲の手首から少しずつ手をずらして、手の平を触れ合う義郎と美咲は、激しい音楽も気にならず向き合っていた。

『これって?』

美咲は義郎の気持ちを自分なりに解読していた。

美咲は今の状況を楽しく感じながら、義郎に笑顔で返した。

その渦の外で義郎と美咲を眺めていた圭太は、渦の中に飛び込み二人の所へ渦をかき分け進んで行った。

楽しそうにダンスする義郎と美咲の所へ到着した圭太は、片手で義郎を。

また片方で美咲の手首を握り、その三人で輪を描くようにダンスする。

義郎が美咲にしたように、圭太も少しずつ手をずらして二人の手の平を握る。

三人はそれぞれ他の二人に笑顔を送りながら、ダンスの渦の一部になっていた。

『ヤバイ! これって、二人が私を奪い合っているってこと? え~モテ期?』

美咲のテンションは、自分で思う以上に上がっていた。

会場の音楽がアップテンポからバラード風の音楽へクロスオーバーしてから、スローナンバーが会場を包み込む。

激しく体を動かしていた人々は、皆がそれぞれカップルとなり、その音楽に合わせてスローダンスを踊る。

美咲、義郎、圭太の三人は会場の袖に移動した。

『誘うの？　どっちが？　二人？　いやー』

美咲の頭の中で、とても幸せな妄想が溢れて零れそうに。

美咲は遠くの方に皆と交ざってスローダンスを踊る和樹と朱里を発見する。

二人共笑顔で向かい合い、和樹は左手で朱里の腰に。

朱里は右手を和樹の肩に。

片方の手は恋人つなぎで握られている。

美咲はその光景を見て少し興奮する。

和樹は笑みを浮かべながら、何かを朱里に話す。

和樹が一方的に話しているのか、朱里の口は閉じられたまま。

朱里の目はしっかりと和樹の目を、ウルウルしながら見ていた。

それは愛しい人を眺めるように。

次の瞬間、朱里の表情が驚きに変わる。

目を通常より見開き、口が驚くように開く。

そして涙が零れ、表情は悲しみに変わって行く。

朱里は和樹に抱きついた。

和樹は少し驚くが、朱里を両手でやさしく包み込む。

それはチークダンスを踊るような。

『えーっ、もしかしてプロポーズ？』

美咲は二人の光景をそのように感じていた。

スローな音楽が二曲目に突入すると、少しずつ音の強さが弱まっていく。

声を発するとその言葉が聞こえてくる位になると会場の扉が開いた。

和樹と朱里はそれぞれ異なる手を握り合い、会場の外へと歩いて行く。

他の人々も同じように手を握り合い、扉に近いカップルから、和樹と朱里に先導されるように会場の外へとゆっくり移動していく。

美咲は時間を確認する。

丁度十二時を過ぎて、七日目になった時だった。

「はじまるのね」

美咲の言葉に納得するように数回軽く頷く義郎と圭太。


和樹と朱里を先頭に、会場を出て列を成すように歩く人々は、更にロビーを通過してホテルの外へと出ていく。

ロビーにいるホテルスタッフは、その列に深々と頭を下げて見送る。

外の暗い道は、和樹と朱里が歩くと同時に次々と足元に照明が点火していく。

美咲、義郎、圭太の三人は、その列の一番後方から後について行く。

その皆は何も苦しみがない、何か解放されたような、穏やかな表情で二人が船頭するその先へ。

和樹と朱里が島の先端に到着し立ち止まると、そこには丁度二人分が踏む程度の大きさの石が、道路上に埋め込んである様。

和樹と朱里は、その石を境に繋いだ手を放し左右に分かれる。

最初のカップルがその石を踏むと、その先へ道標のように灯が段々と灯り、数メートル先には同じような石が埋め込んであるのが見える。

最初のカップルはゆっくりと灯のある所を歩き始め、次の石を一緒に踏んだ。

「これが美咲が見たもの」

義郎が口を開く。

「私が見たのはこの先」

そのカップルはお互いの顔を見合わせ、ニッコリと微笑み合う。

そして互いに目を瞑り、胸をはり、大きく深呼吸をするように両手を少し広げて頭を上に傾ける。

「あっ」

美咲の声が漏れた。

カップルの女性がゆっくりと浮遊していく。

それはお姫様抱っこのように、お尻を下にして足は膝から畳まれている。

その光景を他のカップルが微笑ましい表情で眺め、そして見送る。

ゆっくりと浮遊する女性。

どの位か。

十四～五メートル位であろうか。

女性はそのまま上空で制止した。

「お疲れ様でした。また来世で」

和樹がそう言葉にすると、女性の目がカッと見開き、お腹の部分から多くの光が放たれた。

『パーン』

「これか」

圭太が云う。

その光は個々の浮遊物で、扇型を描くように、ゆっくりと花火のように散って広がっていった。

その女性はフェードアウトするように、その姿が消えていく。

「キレイ」

美咲の声が漏れる。

残った男性の目が大きく開かれると、その浮遊物の中心に向かって、レーザービームのように勢いよく空に飛んでいく。

扇型になった閃光の先端に到達すると、自身もひとつの光となって、ゆっくりと散らばった光がそれに引っ張られて、その勢いを維持したまま上空に飛んでいく。

先の光も後の光と同様に、上空にその姿が小さくなるにつれ、少しずつ薄くなって消えていく。

その魂は流れ星流星群の逆のように、夜の空に飛翔していった。

「これ。これを見たの、船の上で」

「これか」

「信じられないな」

「さっきまで皆で一緒に居たのに。二人いなくなった」

「あそこにいる皆が今日居なくなるのか」

美咲ら三人はこの現実を直視し、懸命に自分なりに理解しようとしていた。

「皆、どんな人生だったのかな」

「少なくとも、俺たちよりは恵まれていたんじゃないかな」

「えっ？」

「だってさ」

「そうかも知れないけど、圭太はどうなの？　恵まれてなかって云うの？」

「そうだな～」

美咲と圭太はこの光景から、自身の過去を振り返っていた。

「私は恵まれていたと思う。確かに生まれた時から両親の存在が無くて、これが普通なのかなって小さい頃思ってた。もう物心がついた時にはおやじと一緒だったし。おやじがいたから、こうして圭太とも大樹とも、溝口さんとも出会えた」

『パーン』

次のカップルが飛翔していく。

「何が普通で、何が普通じゃないなんて、そんなの」

「皆が普通じゃないって云うんだよ。自分ではそう思っていても周りが否定する」

「じゃあさ」

義郎がその話に参戦する。

「ここで頑張ればいいじゃない」

圭太と美咲は義郎を見る。

「もう普通の世界とはサヨナラ。皆がそう云うなら、普通じゃない人間になれば。ココにいる人は皆おやじの子供。ココではそれが普通なんじゃない？」

「だから」

美咲が義郎の言葉に付け足しの一言。

「皆ココに居る気になった？」

更にこの話に割って入る朱里。

「朱里さん。もういいんですか？　あそこにいなくても」

「先導すれば、後は自然と流れて逝く。森谷さんは支配人としてあそこに最後までいるけどね。これがB4DO」

「B4DO・・」

「私が来た時は既にそう呼ばれていた。ビーフォーディーオー。略してB4って呼ぶ時もあるけど」

「なんか調理器具の型番みたいですね」

「なるほど、そうとも云うか」

「昨日はすいませんでした。生意気な物言いをして」

美咲はいつものように大きく腰を折りたたみ、頭が膝につきそうなお辞儀をする。

「どうでもいいじゃない。その時にどんな行動をするかなんて、事前に予想できる訳なんてない。その状況を受け入れてその次にどう行動するかが大事じゃないかしら」

「はい」

「少し落ち着いたら、戻ってみれば」

美咲は軽く頷く。

『パーン』

朱里を加えた四人は次々と飛翔する魂たちを見送っていた。

その光景を遠くの場所から大樹は見ていた。

七日前乗船していた同じ船に乗って。

あの日、船の上で美咲が見た光景を大樹は、逆の方向へ進む船の上で眺めていた。

上着のポケットから取り出すメモ紙のような束。

それほど厚くはなく、数枚から数十枚程度だろう。

それを一枚、また一枚とめくる。

その紙には地図が描いてあり、その中に「●」印を書いた箇所がある。

めくられるその紙には「●」印の上から「X」の印が既に記入済。

「ダメ」「違う」と云う意味なのか。

そして数枚めくった後、まだ「X」印が無い地図を見つけ、それをじっと眺める大樹だった。

その先へ

次に石の上に立つカップル。

その彼女はこのホテルで働いていたスタッフ。

ルームサービスの業務で別々の立場ながらお互いを認め合い、パートナーとなってこの日を迎える事になった。

「お綺麗ですよ」

和樹が声を掛ける。

見事な白いドレスが和樹の目を引く。

それはウエディングドレスの様に、清楚ながら裾が長い。

その裾を持って一緒に歩いたホテルスタッフの女性が二人。

その彼女は和樹を見て、ニッコリと笑いながら膝を少し折、頭を少し下げる。

頭に小さなティアラをつけ、それはまるでお姫様の様。

彼女は少しだけ足をずらし、上半身だけ後ろを向くと、裾を持っていてくれた女性二人にも和樹と同様の挨拶をした。

ホテルスタッフの二人も同じ挨拶で彼女へ答える。

二人はドレスの裾をゆっくりと地面に置いた。

それから後退りするように、左右に散り姿を消す。

彼女は前を向き直すと、パートナーの方を向いてニッコリとする。

そして目を瞑り、ゆっくりと深呼吸をして、両手を少し広げる。

身体の力が解放され、引力で足に重力がかかっていた力が無くなっていく。

彼女の顔は何も心配事がないように穏やか。

足のかかとが地面を離れると、そのまま足が地面から別れを告げる。

ドレスの裾がゆっくりと持ち上がり、空に引っ張られるように、愛に惹かれるように。

それはまるでイリュージョンのように浮遊していく。

上空で彼女が制止すると、カッと目を見開き、お腹当たりから無数の閃光が扇型に放たれる。

『パーン』

周囲で見ていたホテルスタッフの多くが笑顔で拍手を送っていた。

「あの方、ホテルの方ですか？」

「そう、決断したらしい」

「これも、ありですかＢ４ＤＯで・は・・」

「私もこれは初めてのケース。普通はありえないけど。まあでもココ自体が普通じゃないけどね」

「でも普通って、何が普通なんでしょう」

『このセリフ前にも云ったな』

デジャブなのか？　美咲は少し不思議な感覚でいた。

「日常ってことなんじゃない」

圭太が割って入る。

「さっきの話を続けるの？」

少し怒った顔で言い返す美咲。

「おいおい、列の最後」

義郎が指を差した先には、最後尾に列をなす秀雄の姿があった。

秀雄もまた正装していた。

「うそ」

美咲と圭太が秀雄の後ろ姿を確認する。

「おやじ～」

美咲は大声で秀雄を呼ぶ。

しかしその声は届かない様子。

「おやじ～」

義郎と圭太は美咲が大声を出している顔を見ると、声が聞こえないのはおかしいと思い
二人共大声で叫ぶ。

その声は自分の声だけ確認はできるが、他の声は聞こえてない。

「大声は届かないよ」

美咲たち三人はそれを云った朱里の方向を向く。

「ココではある一定の音量以上は、本人以外に聞こえない空間」

「えっ、なんで。このままじゃ、おやじが逝っちゃうよ」

「でもさ、よく見ろよ。おやじの隣、誰もいないよ」

圭太の言葉によくよくその姿を確認する美咲。

「あれってどうゆう意味ですか？　パートナーはいないけど逝っちゃうってことですか？」

秀雄は何かを思い、後ろを振り向く。

秀雄の視界には美咲ら三人が大声で叫ぶ様子と、思いっきり手を振る姿が見えた。

秀雄は笑顔で手を振ってそれに答える。

「バイバイじゃねえよ」

圭太は次の瞬間、膝を曲げて一段階腰を落とし、右足に力を込めて一気に地面を蹴りだした。

勢いよくその場を飛び出した圭太。

しかし次の瞬間、急にブレーキをかけ立ち止まった。

秀雄が【来るな】の合図のように、両手を胸の位置程に真っ直ぐと突き出し、手の平をこちらに向けていた。

そして首を左右に振った。

その顔は真剣だが怒ってはいない。

「おやじ・・・」

少しすると、ニッコリと笑って圭太らに手を振って、後ろを確認しては前とのカップルの間隔を止まっては歩き、歩いては止まりと、調整しながら歩いていた。

圭太はその場で肩を落とし、静かに秀雄の姿を目で追っていた。

「いきなりなんだよ。急に呼んどいて、勝手に逝っちゃうのかよ。まだ早いよ」

「おやじは、どうなるんですか?」

「通常、一人ではその先へは行けない。一人が閃光を解き放ち、もう一人がそれを導く。

そのスタイルは何も変わっていないし、これからも変わる事はないと思う」

朱里は目に涙を溜めていた。

「そう、変わらない。このまま一人であの石を踏むとその先へは行けず、寄り道へそれる事に。それから四十九日迄その魂はココの地でさまよい続ける。人間としてではなくただの魂だけで。もう我々にはそれを見つける事はできないの」

「えっ、じゃ今日でお別れ？」

「ココに迎えられた人たちは、七日目、四十九日目で終わる。私たちのやるべき事は七日目に全てのカップリングを終了させて、その魂をまたこの世界に来た前の所に返す事。そうすれば、また蘇る。そう教わっているの。

だから七日目で、どっちにしろお別れ」

「そう・・そうか。だからこのタイミングで私たちとココに来たのか」

『パーン』

一組、また一組と飛翔する魂たち。

朱里の目からまた涙が零れる。

気丈な彼女はそれを拭おうとはしない。

しかしまた零れる。

目を静かに閉じると少し多く流れ、開くとまた涙が溜まる。

『朱里さん。どうなのかな？　あれは、あの支配人とダンスをしてた時、何をはなしていたの？　そんな硬い顔して。プロポーズじゃなかったの？』

『パーン』

多くのカップルが夜空に飛翔し、旅立って行った。

次は秀雄の番。

整合

夜空が遠くの方に微かに漏れる明るさ。

気にしなければ気にならない程度だが、
秀雄が今日の最後になる。

でも秀雄にはパートナーがいない。

あっちに行かず、ココで四十九日を迎えることになるのか。

秀雄は大きくため息をつく。

そして一歩を踏み出し、その石に足を付けようとしたその時、その手を握る手がそれを阻止するように引っ張る。

秀雄は石を踏めず、一歩後退した。

秀雄を阻止したその手は和樹だった。

「逝く前に、こちらの石にお立ちください」

それは和樹が皆の、その先を、見守って立っていた石を指さす。

秀雄の顔に【?】が覗かせる。

和樹は微笑みながら秀雄を右手で、その石の方へ誘導する。

秀雄は戸惑いながらも、和樹が促す石の上へと足を運ぶ。

まずは右足に体重を乗せ片足立ちをすると、少しよろけながらゆっくりと左足を石に移動する。

それはこの不思議な空間がそうさせたのか、ただバランスを崩しただけなのか。

そして左足のつま先から静かにかかとが着石すると、秀雄の身体にある感覚が芽生えた。

「これは」

秀雄の身体に四方八方から小さな光が集まり、地面から秀雄の足をつたわってお腹のあたりを目指すように引力と逆行ながら登っていく。

その光たちは七日目に逝けず、四十九日間をココで過ごした魂たち。

しかしその中には、それ以上経過した魂たちも。

それは和樹が救えなかった人たち。

和樹は確信していた。

ココを目指した魂。

ココに導かれた魂。

魂としての期限を超え、寿樹、草々、土と一緒に根付いていた人々は、秀雄と共に一緒に逝くのだと。

「しかし何故かな。普通は女性に魂が集まるのに」

秀雄はそれを受け入れながら問う。

「普通は普通では無いですよ」

「ああ、そうだったな」

「おやじがヒントをくれました。男が二人残ったなら、その二人でカップルになればと。皆を送る間、私は石を通じて私の意思を伝えていました。その先に。どうやらそれを受け入れてくれたようです」

その光景を口を開きながら、驚きながら見つめる美咲たち。

またホテルスタッフも声が出ない程、その驚きとその先の期待感を抱きながら、秀雄を見ていた。

秀雄に集まった無数の魂たちは、秀雄のお腹部分に収まり、ある一定のボール状となった後、そのボールはフェードアウトして消えて行く。

秀雄は目を閉じながら、その感覚を感謝の気持ちとして受け入れていた。

その表情は喜びに満ちていると、美咲たちは思っていた。

「おやじ。いや、父さん。私が御伴いたします。こちらへ」

秀雄は目をゆっくりと開くと、和樹の隣に位置し、和樹と秀雄はそれぞれの異なる手の平を合わせる。

「これでいいのか？」

「はい」

美咲たちとホテルスタッフを含む全員が複雑な気持ちでその光景を目に焼き付けていた。

「あの時、森谷さんに云われた。後は託したよって」

「だから、だからだったのですね」

朱里は数回浅く頭を上下に振る。

秀雄は振り返り、朱里たちの方を向く。

そしてニッコリ笑いながら、和樹と手を繋いでいる左手とは逆の手を挙げて、親指を突き上げ「サムズアップ」を送る。

数回、その動作を美咲たちに繰り返し強調させる。

「なにやってんだおやじ」

圭太は不思議そうに秀雄を見ていた。

「あっ」

美咲は思い出した。

この地に来る前、あの船に乗船する時に親指をチェッカーに見せた事。

美咲は自分の左手親指の爪付近を見る。

「あ〜」

光の加減なのか爪がくっきりとはしていないが、薄く緑色に見える。

「あれ、緑色？」

義郎が美咲の指をみて反応する。

義郎が自分の親指を確かめる。

「ああ」

義郎の指も薄い緑色に見えた。

圭太がそれに続き親指を確かめる。

「一緒か」

圭太が二人に指を見せる。

それに美咲、義郎も指を圭太の指に近づける。

「三つ葉のクローバー」

三人は同時に言葉が漏れる。

三人は顔を見合わせて、笑顔を見せる。

それから秀雄の方を向き、秀雄と同じように親指を突き上げて、同時に腕を左右に振った。

「これって大樹もじゃない?」

「そうか、そうすれば四葉のクローバーだ」

「そうだな」

美咲、圭太、義郎は更に激しく腕を振って秀雄に合図を送る。

秀雄はゆっくり腕を降ろして、美咲たちから目を反らし前を向いた。

和樹と秀雄はゆっくりと前進する。

「しかしなんで緑色？」

「何を意味するのか・・な？」

「まあ普通じゃないって事だな」

三人は顔を見合わせてほほ笑んだ。

ホテルスタッフの皆が、盛大な拍手を送るが、その音は自分以外には聞こえない。

二人は素晴らしく晴晴した表情で最終地点に近づいて行く。

そしてその石にお互いの足を一歩ずつ着石させた。

遠くの方に太陽の光が朧げに見えるのが確認できる。

和樹と秀雄はゆっくりと深呼吸するように少し両手を広げる。

秀雄の身体がゆっくりと浮遊。

それはお姫様抱っこの形とは違い、立っていた姿そのままに空へ登って行く。

「大樹は何処へ行ったんだ」

圭太が不思議がる。

「おやじ・・・」

その光景を静かに見守る美咲たち、ホテルスタッフの皆。

朱里の目にはもう涙はない。

今までを和樹に感謝すると共に、これからのホテルをどうするか。

「まあ、なるようになるか」

秀雄がある程度の高さで制止すると、その状態で身体全体からゆっくりと多くの魂たちが離れていく。

秀雄の周りで暫く浮遊しながら留まった後、一斉に扇型に大きく散っていく。

『シュー!』

『うわ〜』

それを見ている皆が声を上げる。

「キレイ、おやじ」

秀雄の身体はフェードアウトしながら、その存在が消えていく。

「では参りましょう」

和樹は勢いよくレーザービームのように空へ飛び出すと、先に散った魂たちが和樹の光に引っ張られるように、またその勢いに乗るように空の上へ登って行く。

「ありがとうございました」

朱里は空へ遠のいて行く光に、深々と頭を下げた。

少しずつその光は遠く小さくなり、やがて皆の目から確認が出来なくなった。

「何が起こっているのか、まだ私には理解できません」

「現実は受け入れることから始めましょう」

隣同士で話す女性同士の会話。

「それと三人の間はどうするのか。仕事に支障が無いようにお願いします」

そうでした。美咲を巡る圭太と義郎はどのような行動にでるのか？　美咲は複雑な思いでいた。

見送った先に太陽が昇り始め、周りも少しずつ明るくなってくる。

「今日はこれから新しいお客様をお迎えするので、朝食はスタッフのみで」

「はい、承知しました。支配人」

二人はニッコリと微笑み合う。

「これから皆に話を聞いてもらう。森谷支配人が残してくれた財産を引き継ぐ為にどうするか、私の考えを」

朱里と美咲はホテル内に入って行く。

その後を歩く圭太と義郎。

二人の手はしっかりと恋人つなぎで握られていた。

◆◆◆

普通とはいつからその意味が当たり前になったのだろうか。

それは誰かが、貴方の大切な人たちが貴方の為に築いたものではないだろうか。

それは普通ではない普通。

その先へ。いつか居た処。
B4DO。
ビヨンド（BEYOND）

エピローグ

大樹はおやじ、美咲、圭太、義郎と共に深夜乗り込んだ船が出発した埠頭に再び着港し、ほぼ同じ場所から降り立った。

すっかり日は落ちて久しい。

「デジャブ？」

それはあの時と瓜二日。

一人歩く大樹を薄暗い外灯だけが照らしている。

周囲に人影はそれほど無い。

たまに見かけるのは酔っ払いと住民票が無い人たち。そして何処かへ消えるのであろう、いや尽くして消す事に成るであろう自分の後悔の念だけ。

ひとつの薄暗い外灯の下で立ち止まった大樹は、メモ紙の束を取り出して「●」印を記した地図を確認しながら周囲と照らし合わせる。

そしてある一方へ歩き始めた。

バスターミナル。夜行バスに乗り込んだ大樹は、椅子に腰かけると直ぐに目を瞑り眠りに落ちた。

夜間を走るバスに道路の外灯が眠る大樹の顔を舐めていく。

どこに行くのだろう。それは大樹の希望を乗せたバスなのか、絶望を乗せるバスなのか。


外はすっかり明るくなっていた。

大きなバスターミナルに大樹が乗ったバスが到着する。

既に気を取り戻した大樹がバスを後にする。

「こんな都会なのか」

大樹はメモ紙をまた取り出しては地図の「●」印を確認すると、その方向であろう方角へと歩きだす。


どの位歩いただろう。

「・・・三時間か」

時計を出して時間を確認すると、そこはもう都会とはほど遠い地帯。

車道は立派な道路があるが、それ以外に逸れた道など見当たらない。

暫く進むと山を切り崩して開発されたショッピングモールが姿を現し挨拶する。

どことなく、四人組のバンドと出会ったショッピングモールと似通っていた。

「車じゃないと絶対来れないいなココは」

歩いてきた大樹はそう釈明する。

直ぐに中に入りエレベーターで「R」へ向かう。

屋上のエレベーター扉が開くと、直射日光が大樹に襲い掛かる。

「うわ、眩しい」

己の手で陽ざしを遮断しながら屋上を歩きまわる。

防御してもまだその陽射しに攻撃を受け続けていた時間が少し経過した後に、その攻撃が止んだ場所が・・。

「んっ？」

大樹はゆっくりと手の平防御を解除していくと、その先に「日食」のような光景が目に入った。

「あっ、あった」

そう言葉が漏れたその先に、キレイな陽の光に照らされた観音像の頭が見えた。

首の下は森林で隠れていて、その全体像は不明だが、

「大きい～」

大樹はその高さに圧倒されながらその観音像を見るが、日食のように頭の後ろから照らされる陽の光でその顔が見えない。

「おにいちゃん」

そう聞こえた大樹は左右を見渡すと足の腿あたりに衣服を引っ張る感じを覚える。

「おにいちゃん、これ」

小さな女の子がチラシを持つ右手を精一杯伸ばして大樹に差し出す。

「はい、ありがと」

大樹は足を畳み、女の子と同じ位の目線となってそれを受け取る。

「来てね」

そう云うと女の子は走り去って行く。

その先には親御さんであろう女性が同じようにチラシを配っていた。

その女性の足に女の子が抱きつくと、身体を後ろに向けて大樹の方を見る。

大樹は手を振ると、その女の子も手を振って返してくれた。

「なんて素晴らしい光景なのか」

大樹がそのチラシに目をやる。

「えっ？　え？　えええええええ～？？」

『天秤塾イベント─触れ合い会─』

大樹は驚きのあまり一瞬声を失う。

「いた、見つけた。やった～」

大樹は両手を突き上げ大声で叫んだ。

その声に周囲は一斉に大樹を見るが、大樹はお構いなしにチラシを貰った女の子の元へ行くと、その親御さんであろう女性と言葉を交わした。

そして女の子の前でまたしゃがみ込み、その子の頭を優しく撫でると、女の子は満面の笑みで答えてくれた。

『これが希望だ』


大樹は大きな観音像を目指して歩く。

車道は整備されていて車なら苦では無いように感じるが、微妙な勾配が歩く者の体力を削いでいく。

それでも大樹は一心不乱に目標を目指し歩き続けた。

そして観音像が見守るように位置する場所にそれはあった。

孤児院『天秤塾』

その門構えは大樹がいた頃と瓜二つ。

大樹はゆっくりとその門に手を置くと自然と涙が溢れ出てきた。

そしてその登竜門をくぐる。

中に入った大樹はその周囲を見渡すとバザーをしているコーナー、大道芸をしているコーナーや畑を耕すコーナーなど、多彩なレクリエーションが多くの人々を楽しませている様に感じた。

だが残念ながらその一つ一つは云ってみればチープな催し物ばかり。

しかしそれはどれも人間味にあふれ、人と人がその楽しみを、その時間を、その空間を共有し、その中でそれぞれがそれぞれの楽しみ方をしている姿があった。

その顔はどれも笑顔。それを見た大樹も自然と笑顔がこみ上げてくる。

そう、輝いている姿は何であれ美しい。


大樹の元へ一人の男性が近づく。

老人と云うには早いかもしれないが、青年期はとっくに超えたであろう少し白髪交じりのナイスミドルである。

「ようこそ天秤塾へ。今日はイベントを楽しみに来たのですか?」

「ああ、はい。そうです」

「ゆっくりご覧なってください。そして楽しんで行ってください。子供たちは全て私たちの子供です。皆ココで暮らしています」

「・・・はい」

『まさか、そんな事、まさか。あれはOZCビルオーナーの奥園昭三。何故ココに。なぜ自分の子供なんて云うんだ』

大樹は昭三と離れると別の声が大樹を引き止める。

「おい、そこの君」

その声の主を確認する。

「お前は?」

「へえ～あの時の君か。なんでココにいるのかな」

　大樹は驚いて声も出ない。

『奥園真中・・』

「なんてな。ようこそ天秤塾へ」

「・・・・」

「一緒にやりませんか？　クワもって畑を耕しながら野菜を育てるんだ。ここにいる皆の食事も、直売もしている、さあ」

　大樹は恐る恐る真中の後に付いて行き畑のコーナーにやってくる。

「紹介するまでもないね。俺の姉さん」

「こんにちは、ようこそ天秤塾へ」

「えっ？」

「じゃ姉さんと二人で仲良く」

『奥園未来・・さん。どうしたんだ、なにがあったんだ』

「大きなリュックね。土いじりには少し邪魔かな」

「どうしたんです。あなたのような裕福な家族がある人が孤児院なんて。それにオーナーが私たちの子供だなんて」

「ＯＺＣビルは人手に渡りました。売却したの。その資金で今、共同で運営してる、この施設を」

「また何か裏が・・」

「そうね、あるかもしれませんね」

「ねえ君。もう一人紹介するよ、ええとなんだっけ君の名前は」

真申が大樹に向かって言葉を投げる。

「・・和泉大樹。前の天秤塾で強制退去させられたあの塾生だ」

「・・・・」

「俺はお前を許さない」

大樹は真申の胸座を両手で摑み、足元から踏ん張るように身体全体で力強く締め上げる。込み上げる感情の性であろうか、歯を食いしばり全身が震える大樹だった。

真申は成すがされるままでいるが、その眼は大樹を見下すように睨んでいた。

「止めて」

未来が声を上げると周囲の人々が大樹と真申の行動を見てその二人の元に少しずつ近づいてきた。

「巡り合わせか。君の好きにしていいから」

大樹は更に胸座に力を込めた。

周囲はその二人を囲む群衆となった。

「ゴメン、ちょっとゴメンね」

女性の声が群衆をかき分けてその中心へと進んで行く。

そして大樹、真申をロックオン。

「大樹」

大樹はその声の主の方を向くと、その女性を見て顔の表情が急変する。

「・・・アネキ～」

大樹の身体から少しずつ力が解放され、怒りの震えが感動への震えに変化すると真申の胸座から大樹の両手がこぼれ落ちた。

次の瞬間、大樹は真申から目を背けるとその女性、新座裕美に駆け寄り勢いよく身体を預けた。

そして大粒の涙を流してきつく、きつく抱きしめる。

その光景を見ていた群衆はそれぞれ穏やかな表情を見せ、自然とその縛りを解き、方々へと散っていく。

「オヤジは、オヤジは・・・」

「分かってる。分かってるよ。ホテル・サンドレに行ったのね」

「なんでそれを」

「で、大樹だけコッチに帰ってきた。そして私を探してた」

大樹は大きく頷いた。

裕美は背後から人の気配を感じると、数名の男女がその場に近づいてきた。

「私ね、家を出てからずっと気になっていたの。なんで天秤塾なのかって」

大樹は不思議な顔で裕美を見つめる。

「大樹はさ、シーソーの両方に人が乗ったらどっちが勝ったって思う？」

「・・・それは重い方」

「下に沈んだ方？」

大樹は頷いた。

「じゃもう片方は高い方？　そっちが負けたと思うの？」

「そう、思うけど・・・」

裕美はニッコリとほほ笑む。

「そっか。でもそれは一つの見方だね」

大樹は首を傾げた。

「ある時ね、公園に小学低学年位の男の子と女の子が現れたの。それで男の子がシーソーを見つけて女の子に『乗ろうよ』って云ったのね。男の子はそうでもなかったけど、女の子の方は少しポチャッとした子でね、嫌だったんだと思うの。でもしつこく男の子が誘うから、仕方なく乗ったのよ」

大樹は小さく何度か頷く。

「まあ、結果的に女の子の方がゆっくりだけど沈んで、足が地面に着いちゃったの。女の子は恥ずかしくなって直ぐにシーソーから降りて帰ろうとしたけど、男の子が『ランドセルしょってるからだろ』って云って。『降ろしてからもう一回』って。女の子は少し考えて、ランドセルを地面に置いたの。男の子もランドセルを肩から降ろして、ほぼ同時にシーソーに乗ったら」

裕美と大樹を囲む男女は、静かにその会話を見守る。

「さっきよりは少し早く、男の子の足が地面に着地したの」

「えっ?」

「でね、私の所からは見えてた。男の子はねシーソーの先端にランドセルを引っ掛けていたのよ。女の子からは見えないように」

大樹は少しお道化た顔を見せる。

「女の子は満面の笑みで。それで二人は仲良く公園を後にしたの」

「そうか」

「多分、あの女の子は気づいていたんだと思う。でも男の子のそんな気持ちが、そんな配慮が嬉しかったんじゃないのかな。体型を気にしていたのをさ」

大樹はほほ笑んで何度か頷く。

裕美は背後に顔を向ける。

「昭三さん、平静さん」

昭三、平静は頷く。

「真申さん、未来さん」

真中、未来も頷く。

「紘一さん、海生さん」

紘一、海生も頷く。

「莉子・・」

莉子が大樹の目の前に。

「また会ったな」

「君はアネキの子だったのか。あの時の演奏は凄かったよ」

「惚れるなよ」

一同は笑顔で大きな声で笑った。

時代背景と生活環境は人を動かし、善にも悪にも変化させる。それに流れない者などいない。むしろそれが人である、と思う。

「塾長、そろそろ来ます」

昭三が裕美に声を掛ける。

「今日はスペシャルゲストとスペシャルライブがあります。それもその模様がテレビ中継されるぞ～」

裕美塾長が周囲にそう叫ぶと、大勢の歓声と拍手が塾の敷地内、いやその周辺まで轟いた。

人々の耳に車の走る音が段々と大きくなると、その車が人々の視界に飛び込んだ次の瞬間、アトラクションのように塾の門をくぐりその存在感を露わにした。

塾内の空スペースへその中継車と大きなマイクロバスが駐車すると、中からバイオリンを手にした男女が姿を現した。

『暁延ＮＥＯＤＵＯ』

莉子を始めとする旧高校生バンドメンバーと久々の再会を果たし抱き合う皆。

停車してすぐさま職人芸を見せるカメラマンとその関係者は、その光景を捕らえて中継する。

「朱音、ゴメンね」

「莉子先輩」

莉子はまたいつか朱音と再会した時、言わなければならないその一言を準備するまでどの位の時を費やしたのか。

朱音もまた、その時が訪れた時にどんな顔をしたら良いのか、悩んでいただろう。

そしてその時は一瞬であったが、お互いの長い沈黙と深い溝を埋めた尊い一瞬だったに違いない。

メンバー全員が特設ステージに立つ、総勢六人の初ライブ。

『暁延ＮＥＯＢＡＮＤ』

伊織が先にソロを弾く。それに絡んでメロディーを奏でる朱音。

朱音がソロを取っている内に、伊織が他のメンバーへ曲の指示を出す。そして。

その洗礼された曲と演奏に聴く者皆の心が一つとなる。

一度、時代と環境がもたらした過ちは消え去る事はありません。
しかしそれを悔い改め、より良い新しい時代と環境が訪れる事を願ってやみません。
貴方は、天秤に身を任せようと思いますか？

—（終）—

著者プロフィール

希与実（キヨミ）

うし年のおうし座。
東京都江東区出身。
千葉県在住。

揺れ動く天秤に身を任せれば

2023年1月23日　初版第1刷発行

著　者　希与実
発行者　瓜谷 綱延
発行所　株式会社文芸社
〒160-0022　東京都新宿区新宿1－10－1
電話　03-5369-3060（代表）
03-5369-2299（販売）

印　刷　株式会社文芸社
製本所　株式会社MOTOMURA

ISBN978-4-286-25019-9